おもひばや

おもひばや

佐木呉羽

SAKI Kureha

文芸社

プロローグ

アサ乃は中学校の部活を終え、お腹を空かせて家に帰って来た。

居間でくつろいでいるであろう家族にひと声かけようと、襖に手をかけてわずかに開く。そこには酒に飲まれて眠りこけ、大いびきをかいている父の姿と、不機嫌なオーラを放ちながら一心不乱に落花生の殻を剝いている祖母の姿があった。

山を成している落花生の殻が、どれほど長く祖母が不機嫌であったかをアサ乃に覚《さと》らせる。

機嫌が悪いときの祖母は、いつも以上にタチが悪い。話しかけられると面倒だ。

アサ乃は祖母に気づかれる前に、音を立てないように細心の注意を払って襖を閉める。そのまま自分の部屋には向かわず、いい匂いのする台所へと足を向けた。

台所へ続くドアを開けると、夕食を作る母の後ろ姿が見えた。テーブルの上には、家の畑で採れた野菜を使ったサラダや、湯気が立ち上る煮物が並んでいる。

「お母さん、ただいま」

「あら、お帰り～」

竹刀の入った袋と通学鞄を床に置いて椅子に座り、サラダに入っているミニトマトを一つ摘まむ。ポイと口の中に放り込むと、畑と太陽の味がした。

「ねえ、ばあちゃんどうしたの？　凄く機嫌悪そうなんだけど」

母は味噌汁に味噌を溶かし入れる手を止め、しばらく沈黙したあと、アサ乃に背中を向けたまま話し始めた。

「三番目の叔父さんのところのアキちゃん、知ってるでしょ？」

アキちゃんといえば、九人兄弟である父の弟の一人娘。アサ乃よりも年上で、今年は二十三歳になるはずだ。たいして美人ではないけれど、とてもおっとりしていて、いつもおおらかな雰囲気をまとっている。

盆や正月に会うと、小さな頃はいつも遊んでくれていた。アキちゃんが大人になってからは会う機会が減ったけれど、アサ乃は今でもアキちゃんに懐いている。兄しか居ないアサ乃にとっては、お姉ちゃんみたいな存在だ。

「アキちゃんが、どうしたの？」

「勘当されたんだって」

「え？　勘当って、親子の縁を切るほうの？」

母は振り向きもせず、そうよ、と肯定する。

勘当なんて、ドラマの中でしかありえない話だと思っていた。

まさか身近で実際に起こるなんて、にわかには信じられない。いったい、どんな理由で勘当されたのだろう。まったく見当がつかない。

味噌汁を作り終えた母は、エプロンを外しながらアサ乃の向かい側の椅子へ腰を下ろす。その表情は、とても神妙だ。

「結婚が決まったんだけどね……恋愛結婚なのよ」

「それの、どこがいけないの?」

結婚という人生の一大イベント。おめでたいことこの上ない。しかも互いに好きになって伴侶になれるのだから、幸せの絶頂だろう。思春期真っ只中で恋に恋する年頃のアサ乃からしてみれば羨ましい限りだ。

なのに、打って変わって母の表情は暗い。十四歳のアサ乃には、なにが問題なのかサッパリわからない。

「ウチの家系は、代々見合いで縁組してきたんだよ」

突然割り込んできた祖母の声に、アサ乃は口から心臓が飛び出しそうになった。

「ビックリした！　ばあちゃん、いつからそこに居たの?」

「ついさっきだよ。廊下に出たら話し声が聞こえてきたからね」

普段は耳が遠くて、大きめの声で喋らなければ会話が成立しないときもあるのに、今日はずいぶんと耳の調子がいいようだ。

「アサ乃、アンタも見合い結婚するんだよ。恋愛結婚なんてしたら、勘当だからね」

「なんでよ。意味がわからない！」

たしかに祖父母も両親も見合い結婚だけど、昭和も四十八年となった今の主流は恋愛結婚だ。見合い結婚なんて、もう古い。同級生たちは、誰が好きだとか、お付き合いを始めたとか、恋の盛り。アサ乃自身は、まだあまり恋愛に興味はないけれど、いつかは……と思わなくもない。

「意味がわからないのなら教えてやる。ウチの家系はね、親戚中が尼子《あまご》一族の末裔なんだよ！」

「え？　なに一族って？」

唐突に一族と言われても、なんのことだかサッパリだ。

「一族ってね、会社組織みたいなもんなのよ」

祖母に対して反発するアサ乃に、母が補足した。

「その地域を束ねる殿様がいるでしょ。その殿様に仕えている家臣たちをみんなひっくるめて、一族っていう捉え方をしているの」

そうだよ！　と、祖母が割って入る。

「この田中家は、尼子の殿さんに仕えていた一族の末裔なんだ。尼子と毛利の合戦のときに逃げ延びてきたんだよ」

「尼子と毛利って……」

何百年も昔の、戦国時代の武将じゃないか。

アサ乃が鼻で笑うと、祖母の眉毛と目尻が吊り上がる。

「なにか言いたそうだね」

「え？　いや、逃げ延びてきたっていうけど……それって落ち武者でしょ？」

バカバカしい、といった態度を取ると、祖母の雷が落ちてきた。

「バカにするんじゃないよ！　ご先祖様たちが、いったいどんな想いで逃げ延びてきたか、お前は考えたことがあるのかい」

理不尽に思える説教に、アサ乃も声を荒らげた。

「知るわけないじゃないのよ！　落ち武者だったたってことも初めて聞いたのにだいたいね！　と、アサ乃は立ち上がる。勢いがついたせいで、ガタンと大きな音を立てて椅子が床に倒れた。

「代々お見合いだからって、なんで私までそれに従わなきゃなんないのよ！　今時ナンセンスだわ」

「結婚は当人同士じゃなくて、家同士の繋がりだろう。この家は代々そうして血を繋いできたんだ。だからワシは、実の妹も実の息子も、恋愛結婚した者はことごとく勘当してきた。先祖から続く尼子一族の血を守らないといけないんだよ。一族以外の、よその血を混ぜることは絶対に許さない！」

　血を混ぜることは許さないって……時代錯誤もはなはだしい。

「そこまでして守るほど大事なこと？　尼子や毛利なんて、戦国時代の話じゃない。いったい何百年経ってると思ってんのよ。血だかなんだか知らないけど、とっくに薄くなっちゃってるわよ」

「わからない子だね！　血が薄くならないために、一族でしか縁組をしてないいんだよ」

　そこまで血にこだわる理由が、やはりアサ乃には理解不能だ。

「なんで必死に守ってんの？　ただの落ち武者のくせに」

「落ち武者、落ち武者とバカにするな！　このわからず屋が」

　顔を真っ赤にして怒る祖母を、母が「まあまあ」となだめる。

「アサ乃も初めて聞いたんです。それにまだ十四ですよ。結婚を意識するには早すぎますって」

「ワシらのときは、十四なんていったら結婚が近づく年齢だった。今から言って聞かせないと、どこの馬の骨ともわからんヤツを連れて来るようになるわ！」

　明治生まれの祖母にしてみれば、十四歳は大人と同じなのかもしれない。

　祖母はアサ乃をキッと睨みつけ、「いいかい！」と、節くれだったヨボヨボの人差し指を向けてきた。

「恋愛は禁止だ！　社会人になったら、見合いをさせる。恋愛なんてしたら、お前も勘当だ。肝に銘じておくんだよ」

言いたいことだけ言い放ち、祖母はアサ乃に背を向け、丸めた背中の腰あたりに手を組むと、ゆっくりとした足取りで台所をあとにした。

「なにあれ、頭にくる。私には関係ないっての！」

腹の虫が収まらないでいると、母は戸棚から豆大福を取り出し、アサ乃の前に置いた。

「どうしたの？　その豆大福」

「貴女も部活で疲れてるのよ。もう少しで夕ご飯だけど、甘い物でも食べて落ち着きなさい。しばらくしたら、頭も冷えるでしょ」

むしゃくしゃする気持ちは収まらないが、甘い物は食べたい。部活でたくさん動いたから、お腹も空いている。

豆大福に手を伸ばすと、母はクスリと小さく笑った。

「おばあちゃんも、悪い人じゃないのよ。ただ、本家の婿取りで家を守るための教育を受けて生きてきた人だから、きちんと次の代へと繋ぐことに必死なのよ」

わかってあげてね、と母は諭すように微笑みかけてくる。

「そうだとしても、頭ごなしに言うのは感心しないよ」

それもそうね、と母は困ったように眉根を寄せて笑う。

これ以上ぐだぐだ文句を言っても、母を困らせるだけだ。いまだに腹の虫は収まらないけれど、豆大福を三口で平らげ、床に置いていた竹刀と通学鞄を手にした。

ふと、手にする竹刀に目が留まる。

部活の体験で初めて竹刀を手にしたとき、血が騒ぐという表現がしっくりくるように、体中がウズウズしてたまらなかった。

渇望するように。欲するように。懐かしむように。

喜びが込み上げてきたのだ。

それは、祖母が言っていた一族の血が、アサ乃にもしっかりと流れている証拠なのだろうか。

一

夕刻になると、沈む陽の光を浴びて錦に輝く湖がある。

太陽が水面に差しかかる頃には、まばゆいばかりの黄金色にキラキラと輝き、まるで湖面に伸びる一反の反物のよう。

中の海と呼ばれるその湖は、海の水と川から流れ込む水が混じり合い、弓ヶ浜半島と島根半島に囲まれるように位置している。

出雲国風土記の時代には、意宇《おう》の海とも呼ばれていた。

神話の時代に須佐之男命《スサノオノミコト》が〈吾が御心は安平けくなりぬ〉と謳い、その名が付いた安来《やすぎ》という土地。古から地名が残る場所が多いこの地には、神話と繋がる言い伝えも多い。

例えば、古くは砥神山《とがみやま》と呼ばれた十神山《とかみやま》。人間界にとっては安来の港に位置し、海運の要所となっている場所だが、神界にとっては、神在月に出雲大社へ向かう八百万の神々が最初に集う津と言われている場所だ。

そもそも十神山と呼ばれる所以は、初代天皇である神武天皇から数えて第七代の天皇である孝霊天皇の時代にまで遡る。

古代朝鮮の南部に位置したとされる月氏国から軍勢が攻め寄せて来たとき、これを討伐するために鹿島大明神を始め、瀬田、住吉、諏訪、廣田、平野、松尾の大神、天合魂命、大多他羅尊、山王七社権現など十の神が陣取ったことに由来する。

十神山は昔も今も、陣を……そして城を構えるに打ってつけの場所なのだ。

河上平兵衛《かわかみへいべえ》の眼前に広がる中の海は、雲に覆われて星一つない新月の夜を湖面に映し、底の見えない漆黒と化していた。

浜にはサワサワと波が押し寄せ、静かに引いていく。

十神山に築城された十神山城からは、幾筋も煙がモクモクと上がっていた。

安芸の国の毛利に攻め込まれ、ついに落城したのだ。

平兵衛は命からがら逃げおおせ、お屋形様や奥方、少数の家臣たちと共に舟を隠していた浜辺に居る。

明かりを持つことは許されない。闇に紛れ、気配を消さなければ命の保証がないのだ。

神経を集中させている耳に届く物音と、肌で察知する気配。

隣に居るのは、敵か味方か。

この闇に紛れ、槍や刀の切っ先を向けられているのではないかと、見えない不安が生み出す恐怖。緊張が張り詰める恐怖と隣り合わせにありながら、今は、この闇が平兵衛たちの味方だった。

「お屋形様、奥方様。急ぎ舟にお乗り込みください」

いつ、追っ手が攻め来るかわからない。

平兵衛は声をひそめ、けれど急かすべく、自分が仕える主人とその奥方を促した。

お屋形様は周囲を見渡し、暗闇に目を凝らす。

「みんな、居るか？」

お屋形様の静かな問いかけに、低い地鳴りのような「おお」という声が返ってくる。

この地を去るために集結してきた、一族郎党の声だ。

「よし。おのおの舟に乗り込んでいけ」

お屋形様の号令に、また低い地鳴りのような声が響く。

平兵衛も「おお」と返事をし、浜に付けている舟に駆け寄った。舟に梯子を架け、歩いてくるお屋形様に手を伸ばす。

「お屋形様、お手を」

うむ、と答えたお屋形様は平兵衛の手を摑み、梯子に手を伸ばすと慎重に一段ずつ上り、舟に乗り込んだ。

平兵衛が手を伸ばすと奥方は頷き、差し出された手を握る。梯子に手を添え、舟の上から差し伸べられたお屋形様の手を取った。

「奥方様、お手を」

続いて、お付きの家臣たちが乗り込んでいく。

平兵衛は梯子を舟に乗った者に預け、舟が流されないように結んでいた綱を外すため岸へ向かった。

舟に乗り込む人たちの中に、小さな子供を抱えた一団が目に留まる。声をかけようか、暫時迷う。

もしかしたら、万が一にも姿を見るのはこれが最後になってしまうかもしれない。今、声をかけずに会うことが叶わなくなったら……そこに残るのは、苦々しい後悔。こんなときでも、後悔は残したくない。踵を返して、一団に声をかけることにした。

「塚平《つかひら》、塚本、塚井」

名を呼ぶと、鎧を身にまとう屈強な三人の男たちが振り向く。

声の主が平兵衛だと認識すると、三人がまとっていた空気が少しだけ和らいだ。

「おう、河上。今生の別れだな」

三人のうちの一人、塚平が軽口を叩く。

「今生の別れなものか。彼の地で、必ずまた会える」

不機嫌に返すと、冗談だ、と塚平は笑った。

「のう、平兵衛」

幼い声に呼ばれ、平兵衛は抱きかかえられている声の主に目線を合わせる。

「いかがなさいました？　若君」

「なぜ、平兵衛は同じ舟に乗らぬのだ？」

不満そうな声に、平兵衛は優しい笑みを浮かべた。

「平兵衛は、父君や母君と同じ舟で参ります。彼の地に逃げ延びたならば、また共に遊びましょう」

「なんだ。父君や母君と同じ舟なのか……」

それならば仕方ない、と若君は渋々納得する。

「平兵衛。今、会えて嬉しかったぞ。また遊ぼう」

「はい。楽しみを胸に、舟に乗りまする」

若君は頷き、自分を抱える家臣を促す。平兵衛は塚平たちと共に、舟に向かう若君の背中を見送った。

「どうか、ご武運を」

この世に生まれて五年ほどの若君に、これから起こるであろう苦難と困難を想像すると、胸が苦しくなる。

この地に残っても、残らなくても、追われる身であることに変わりはない。わずかな可能性に賭けて、この地から逃げ延びる。

お家再興が叶うことを願うならば、まだ幼い若君に希望と一縷の望みを託し、戦場と化しているこの場所から送り出すしかすべはないのだ。

生きてさえいれば、なんとかなる。なにがあろうと、若君を死なせてはならない。一族の血を絶やさぬために、なんとしても守り通す。

一年か、三年か、五年か十年か。

いつの日か来たるかもしれない、お家再興のとき。お屋形様や奥方、若君、この場に居る仲間たちとその瞬間を共に迎えられたら、どれだけ幸せなことだろう。

手を振る若君に手を振り返し、平兵衛は三人に向き直る。

「塚平、塚本、塚井。若君を……頼むぞ」

「当たり前だ」

「任せておけ」

「命に代えても、お守りする」

三人と頷き合い、平兵衛は踵を返す。

木の杭から綱を外すと、波を掻き分けながら急いで戻り、舟の縁に手をかけた。

すると、頭上から奥方の声が平兵衛を呼んだ。

「奥方様、いかがなさいました？」

「お前は、ここで帰りなさい」

奥方の言葉に、一瞬で頭の中が真っ白になる。

ここで帰れとは、いったいなんの冗談だろう。

（これから向かう地に、俺は必要ないということか？）

平兵衛の心臓が、早鐘のように胸を打つ。ひとつ唾を飲み、声を絞り出した。

「それは……どういう、意味です？」

「言葉どおりの意味です。お前まで、なにが待ち受けているかわからない地へ、一緒に行くことはなりません」

「なぜですか？　なにが待ち受けているかわからないからこそ、お屋形様や奥方様をお守りしなくてはなりません！」

平兵衛が一歩も譲らずにいると、お屋形様も舟の上から顔を覗かせた。

「妻の言うとおりに。平兵衛は、ここで帰りなさい」

「お屋形様まで、なぜですか！　幼い頃より、ずっと傍でお仕えしていくと心に決めております。途中で……しかも、このような場で。投げ出すことなど、できようはずがありません」

もしかして、今までの働きが悪かったのだろうか。自分の精一杯が、お屋形様や奥方には届いていなかったのか？　わからない。なぜ？　どうして？

子供時代を奥方と兄妹のように遊んで過ごし、お屋形様を兄のように慕ってきた。

今から別の道を歩くなど、考えたこともない未来だ。

「もう、私が決めたのです。平兵衛は帰りなさい」

「帰りません！」

昔からそうだ。初めて会ったときから、平兵衛は奥方に振り回されてばかりいる。

子供時代の奥方の単純な行動は、先が読みやすいときもあれば、斜め上を行く発想で呆気に取られることもしばしばあった。

成人して、この地域一帯を治める領主の妻になっても、根底の部分はまったく変わっていない。いい意味でも、逆の意味でも、奥方は自由だ。

だからと言って、城が攻め落とされ、みんなで命からがら逃げてきたのに、今ここで奥方の言動に振り回されるわけにはいかない。

当初の計画どおり、事を進めなければ。

「平兵衛も、共に参ります！」

「なりません！」

「奥方様……」

何度食い下がっても、奥方の意志は固いようだ。

平兵衛の切なる想いは、頑なに受け入れてもらえない。

このまま、ここで終わりの見えない問答を続けていては、追っ手に追い付かれてしまうかもしれない。そうなってしまっては、元も子も失うではないか。

意地を張っても、いいことなどなにもない。

(俺が折れれば、事が運ぶのだな……)

みんなのため、お屋形様と奥方のためを思うならば、我を通すことになんの意味があるだろう。

「わかりました」

渋りながらも承諾すると、舟の上からお屋形様の手が伸びてくる。平兵衛の肩に手を置き、グッと力を込めた。

「感謝しているぞ、平兵衛。彼の地に逃げ延びて、必ず生き延びようぞ」

平兵衛は腰に下げた刀を握り締め、わずかに頭を垂れる。

「ご武運を」

「平兵衛には、昔から苦労をかけてばかりだな」

奥方の柔らかな物言いに、目の奥が熱くなる。拳と共に、両目をきつく閉じた。込み上げてくるものを堪えながら、さらに頭を下げ、喉の奥から言葉を絞り出す。

「まったく、そのとおりでございますな」

声は、微かに震えていたかもしれない。いつもどおりを装えただろうか。

ふふっと、奥方は小さく笑う。

「平兵衛。お前は、お前の人生を生きよ。私は、私の人生を歩む」

奥方は両手を広げ、雲が晴れて星が煌めき始めた夜空を見上げた。

「のう平兵衛。生きていくには辛くもあるが、禍福は糾える縄の如し。いつかは、今日という日があったからこそと思える日も来るだろう。楽しいな。楽しいぞ平兵衛。なにが待ち受けていようと、私は必ず笑って乗り越えてやる。乗り越えてみせるぞ！」

奥方は、平兵衛に顔を向ける。

星明りしかない闇の中で、判然とはしないが、平兵衛には奥方が微笑んでいるような気がした。

「お前も、なにがあろうと笑っているのだぞ」

奥方なりの、平兵衛へ向けた最後の言葉なのだろう。

「承知……致しました」

答えると、奥方は満足そうに頷く。そして、お屋形様に「参りましょう」と告げた。

お屋形様も頷き、手を掲げる。

「いざ！」

お屋形様の声に応じ、ゆっくりと舟が動き出す。

ひと舟、またひと舟と、沖に向かって進んで行く。

平兵衛は波を掻き分け、舟を追いかける。底に足が付くギリギリまで進むと、大きく両手を振った。

「お屋形様と、奥方様を……若君を頼んだぞ！」

もう、平兵衛にはなにもできない。願いを託すことしかできないのだ。

「平兵衛〜達者でな〜」

大きく手を振る奥方に、平兵衛は拳を突き上げて応える。体が波に飲み込まれても、拳だけは見えるように。自分の存在を伝えるために。

供を許されなかった悔しさに奥歯をきつく噛み締めると、こめかみがキリキリと悲鳴を上げた。悔しくて、悔しくてたまらない。

なぜ、どうしてと、グルグルと頭の中で答えの出ない問いが巡っている。

しかし奥方には、奥方の考えがあってのこと。破天荒な奥方の考えることなど、平兵衛ごときに理解ができようはずもない。

暗闇に消えていく舟を見送りながら、煙を立ち上らせる十神山城が建つ十神山を望む。十柱の神が祀られた山に築かれ、海運の要となっていた我らが城は、すでに敵の手に落ちた。行く場所など、帰る場所など、もうどこにもない。

母が待つ家さえも、無事であるかわからないのだ。

だから、奥方は帰れと言ったのだろうか。幼い頃から共に遊んだ平兵衛の家族を知らない奥方ではないのだから。

波に遊ばれ、ずぶ濡れになって浜に戻ると、この地に残ることになっているお屋形様の家臣たちが待っていた。

「河上殿。我らも参ろう」

「俺は、もう少し……この場に留まらせてほしい。先に戻っていてくれ」

話しかけてきた一人に弱い笑みを返し、刀を腰から外して砂浜に胡坐《あぐら》をかく。

お屋形様や奥方とのやり取りを見ていた面々は、しばらくそっとしておこうと配慮してくれたのか、一人また一人と居なくなっていった。

平兵衛は兜を脱ぎ、鎧を外す。そして合掌して、神や仏に祈り始めた。

(十神山の社におわす神々よ。先祖代々の諸霊よ。なにとぞ、みんなを守護したまわんことを。どうか、どうか……お屋形様と奥方様、共に行った者たちが無事でありますように)

十神山の山中には、神を祀る社がある。日々の祀り方に落ち度はなかったはずなのだから、最後の願いくらい叶え給え。敵の手に落ちるまで、何年と何十年と社のお世話をし、祀りもしてきた。墓も、手入れをしてきたのだ。

(大切な人の命を救って欲しいという、ささやかな願いくらい叶えてくれてもよいではないか。頼むから叶えてくれ！）

目を開けて空を見上げれば、雲の切れ間から覗く北極星は、いつもと同じように輝いている。北辰妙見《ほくしんみょうけん》大菩薩の化身ともいわれている北極星の位置も輝きも、遥か昔からずっと変わらない。船乗りが指針にしてきた道標の星。

「人の世が混迷しようが、空は変わりないのだな」

空だけではない。山も、湖も。

森羅万象あらゆるモノは、古より変わることなく存在している。

「そうだよな。なにせ、十神山は……神々の時代からあるんだもんな」

悠久の時代を思えば、人間の、なんと小さいことだろう。

人の命の、なんと儚く短いものか。

それでも、精一杯〈今〉を生きている。

「俺も、精一杯生きた」

目の端から、ポタリと涙が零れ落ちた。

一粒落ちると、次から次へ、とめどなく零れ落ちてくる。

頬を伝い落ちた涙の粒は、跡を残して砂に染み込む。ポタリポタリと、砂浜にいくつも染みを作っていった。

「俺は、精一杯だったんだ……」

精一杯、守りたかった。奥方様と呼ぶようになった、姫のことを護りたかっただけなんだ。

姫の笑顔を。姫の生活を。姫の人生を。護ることこそが、平兵衛の幸せだったのだ。

大事な姫が居ないのに、笑って暮らせるはずがない。

平兵衛は鼻をすすり、着物の袖で涙を拭う。

「こんな姿、奥方様に見られなくてよかった」

平兵衛の人生において悔いがあるとするならば、それは姫の人生を最後まで護れなかったこと。

供をすることが許されず、この地にただ残るだけとなった身の、なんと惨めで哀れなことだろう。

「姫。この場に居るだけの俺にできることは、もうなにもありません」

願わくば、中の海を渡った彼の地で姫が無事に生き延び、寿命が尽きて最後を迎えるその日まで幸せでありますように。

「心は共に。魂となり、お傍で……姫をお護り致したく存じます」

傍らに置いていた刀を手に取り、鞘から刀身を引き抜く。

ところどころ刃こぼれをしている愛刀。鎬を削り、放たれた矢を切り落とし、敵方の兵を幾人も切り伏せた。

よくぞ、これまでの激闘をくぐり抜けてきたものだ。

「さあ、お前の役目もこれで最後だ」

刀に語りかけ、小さく笑みを浮かべる。

血みどろの着物をちぎり、グルグルと刃に巻き付けると居ずまいを正す。左手で衿を大きく広げ、古傷だらけの胸と腹をあらわにした。

お屋形様と共に出陣した戦の数々。今にして思えば、がむしゃらだった。なんとかかんとか生き延びてきたのだ。

この命も、そのときはまだ寿命ではなかったということ。

「不思議と、怖さはないものだ」

呟いて、布を巻き付けた刀身を両手で握り、切っ先を腹にピタリと当てる。皮膚にチクリと痛みが走った。少しずつ力を込めれば、プツリと皮膚が裂ける音がする。

痛い。

眉根に力がこもり、眉間に深いシワを刻む。

目蓋を閉じると、浮かんでくるのは愛しい人の顔。

「お慕い申し上げておりました」

直接伝えることができなかった、この言葉。あえて伝えなかった、この言葉。

ただ姫を見守り、姫の幸せを願っていた我が人生。悔いはある。

けれど、生き様に悔いはない。

（この身は滅びようとも、これからも心は……魂は、姫の傍に在らせてください）

閉じていた目をカッと開き、舟が消えていった先を見つめる。

「死して姫の元へ参り、お護り致します」

さあ、息絶える最後まで笑って逝こう。

フッと気合を入れ、勢いよく刀身を腹に深く突き刺した。

二

亜弥《あや》は畑で収穫した野菜を籠に入れ、幼なじみである平兵衛の屋敷を訪れた。

軒には使い古したような、紐が色褪せた鎧や兜が並べられている。

おもむろに近づくと、頭上から声が降ってきた。

「触るなよ」

亜弥の肩がビクリと跳ね、伸ばしかけていた手を引っ込める。見上げれば、険しい表情を浮かべる幼なじみの顔があった。

「ビックリした～！　野菜落としかけたじゃないの」

「野菜は落ちたら洗えばいい」

それはそうだけど……と、亜弥は頬を膨らませて唇を尖らせる。

平兵衛は縁側に腰を下ろし、手甲に手を伸ばした。

「ずいぶんと、くたびれた鎧一式ね」

「ああ。父が若い頃に使っていたものだ」

平兵衛の父は、数年前の戦に参加して命を落としている。大柄で頼りがいのある体格に、気の弱そうな優しい笑顔を浮かべる人だった。

「平兵衛様は、自分用に新調しないの？」

「俺は、これで十分。ほつれも母が直してくれた。まだまだコイツは現役だよ」

満足そうな笑みを浮かべる平兵衛の隣に座ると、膝の上に野菜の入った籠を置く。

平兵衛を間に挟んだその先には、鈍く黒光りしている鎧が見えた。

亜弥は、少しだけ眉根を寄せる。戦で身に着ける用具が出ているということは、村のみんながしている噂は本当なのかもしれない。

ねえ、と平兵衛に呼びかける。

「やっぱり、戦になるの？」

平兵衛は手甲を元の位置に戻すと、薄い雲が一面を覆っている空を見上げた。

「覚悟は、しておいたほうがいい」

平兵衛の答えに、野菜を入れている籠を持つ手に力がこもる。

また戦が起きるということは……また、死ななくていい人が死んでしまうということ。誰かの大事な人が、誰かの大事な人を殺すことになってしまうのだ。

自分の父の亡骸を連れて帰って来たときの平兵衛を思い出し、胸の奥が疼いた。

平兵衛は気丈に振る舞っていたけれど、見ている周囲の人間には、その姿が痛々しく思えてならなかったのだ。

（私だったら、泣いている。あのときの平兵衛様のようには、絶対に振る舞えない）

戦は、嫌いだ。

「避けられないの？」

「ああ。叔父上の話からすると、まず無理だろう」

平兵衛の叔父は、月山富田城の近くに居を構え、城主の傍に仕えている人だ。そこからの情報ならば、疑いようはないだろう。

「平兵衛様も、戦に出てしまうのね」

「もちろんだ。河上家の当主として、責任を果たす」

平兵衛は拳を握り締め、祈るように額に当てた。

心中でなにを思っているのか、亜弥には知りようがない。

足元に転がっていた小石を蹴り、共に遊んだ子供の頃の顔を思い浮かべる。

「奥方様は、大丈夫かしら？」

十神山城の城主の許嫁として幼い頃にやって来て、幼少期を亜弥と平兵衛と一緒に過ごした女の子。〈姫〉と呼んでいたその人は、今では〈奥方様〉と呼ばなければならなくなった。

立場が違うのだから仕方がないけれど、呼び方が変わると心の距離ができたようで、少し寂しく感じる。姫からすると関係性は今まで通りなのかもしれないけれど、亜弥の立場からすると、見かけたとしても気軽に声をかけられるような存在ではなくなってしまったのだ。

こんなことを言うと姫は怒るかもしれないけれど、亜弥が自分のほうから姫との間に一線を引き、距離を置いていた。

「ねえ、平兵衛様。奥方様とは会っていないの？」

城に登城するのが平兵衛の仕事だ。姿くらいは見かけるだろう。

「奥方様は、相変わらずだ。若君と変わりなく過ごされているよ」

「そう……」

呟くと、平兵衛は小さく笑った。

「心配なら、自分で城に行って会ってくればいいじゃないか。知らない仲じゃないんだから」

「それは、そうだけど……」

「会っておけよ」

平兵衛の落ち着いた声音に、嫌な予感を覚える。

「それって……」

（もしかして、今生の別れになるかもしれないということ？）

亜弥の曇った表情を見て、考えていることを察知したのか、平兵衛は小声で「うん」

と肯定した。

「そんな大きな戦になるだなんて……」

戸惑っていると、肩に温かく大きな手が置かれる。

「後悔が、ないようにな」

平兵衛の言葉に、亜弥の心臓はドクリと痛みを伴う嫌な音を立てた。


十神山城から、煙が立ち上っている。

命からがら逃げおおせ、亜弥は人が集まっている砂浜に佇んでいた。

あそこに居るのは、敵か味方か。空に月はなく、星の光だけが頼りだ。

防砂林となっている松の木に隠れ、様子を窺う。暗がりにジッと目を凝らせば、見える紋は味方の物。

ホッとして、一団に加わることにした。一人で居るより、味方の中に居たほうが安心できる。急いで駆け寄り、人の中に紛れ込む。

人の頭の間から覗き見れば、砂浜には数隻の舟。乗り込む人と、留まる人に分かれているみたいだ。

「平兵衛も、共に参ります！」

聞き間違えるはずもない声が耳に届いた。

（平兵衛様が……居る）

人を掻き分け、声がしたほうへ急ぎ向かう。

「感謝しているぞ、平兵衛。彼の地に逃げ延びて、必ず生き延びようぞ」

端々で聞こえてくる会話に耳を傾け、声がするほうへと近づいていく。

「のう平兵衛。生きていくには辛くもあるが、禍福は糾える縄の如しだ」

聞こえてきた声に、足が止まる。

この声は、姫の声。

結局、戦が始まる前に、会いに行くことをしなかった姫の声だ。

亜弥は、胸の前で両手をギュッと握る。

あのとき、平兵衛の屋敷へ野菜を持って行ったとき、まさかここまで酷い戦にはならないだろうと軽く見ていた。否、軽く見ようとしていた。現実から目を背けたくて、楽観視しようとしてしまったのだ。懸念するほど酷い戦にはならないと。

被害が少なくてよかったね、お帰りと、そう笑い合いたくて。

あの頃の自分の、なんと愚かだったことだろう。

少しの気まずさと意地のせいで、幼なじみと会う最後の好機を逃してしまった。

でも、今向かえば、まだ間に合う。状況を鑑みれば、姫は舟に乗って逃げるだろう。

この機会を逃せば、もう確実に、生きて会うことはできなくなってしまうに違いない。

それなのに、足が動かない。動けない。会いたいのに、会いたくない。
今生の別れになるのは、目に見えているのに。
「いざ！」
お屋形様の声がした。
もう、舟が出てしまう。
（動け、動け！　私の足！）
念じても、足に根が生えてしまったかのように動かない。
「っ……！」
声を出すこともできなかった。
（呼びかけたら、舟は止まるかしら？　叫んだら、声は届く？）
わからない。
（ああ、私の意気地なし）
両手を握り締めて俯いていると、人の動きを感じた。
顔を上げて頭を巡らせれば、鎧を身に着けた人たちが移動を開始している。
「亜弥か？」
名を呼ばれ、肩が揺れる。
暗闇に目を凝らせば、父が立っていた。

「なぜ、父上がここに？」

「お屋形様と奥方様を見送っていた。またじきに、落ち武者狩りを始める輩と対峙しなければならなくなる。お前も、こんなところに留まらず、母上の元へ戻っておれ」

言うが早いか、父は亜弥の肩を摑んで体の向きを変えると、力いっぱい背中を押した。

「待って、なんでそんなに急かすの？」

父の意に反して強引に振り向けば、一人座り込む人影が見える。

「あれは、誰？」

あの人影に、胸が騒ぐ。

あれは、きっと——。

「父上、あそこに残っているのは平兵衛様ですか？」

問うが早いか、両足を踏ん張るのが早いか。あの人影の元へ駆け寄りたかった。

「今は、一人にしておいてやれ」

「父上？」

見上げれば、父は頭を振る。

「平兵衛は、供をすることを許されなかった。心中を察してやれ」

「でも……」

だからと言って、一人にしておくことなどしたくない。かける言葉がなかったとしても、隣に座っていたかった。

父の力は強く、抗えない。

後ろ髪を引かれつつ、幼なじみが残る舟場を渋々あとにした。


一人で残った平兵衛のことが気になり、落ち武者狩りに備えるために父と別れてから、舟場に再び戻ってきた。

まだ、平兵衛はいるだろうか。

居なければ、それはそれでいい。居たならば、ただ傍に居たかった。

舟場に辿り着くと、横たわっている塊がある。あの塊は、きっと平兵衛だ。

こんなときに、のんきに寝ているわけがない。

嫌な予感を胸に、急いで駆け寄る。

「平兵衛様、なにをなさっておいでですか？」

呼びかけても反応がない。

もう一度名を呼びながら、背中を向けている平兵衛の肩に手を置く。

ゴロリと、平兵衛が仰向けに転がった。

「うわぁ！」

薄く開いたままの、平兵衛の目。ポカリと開いたままの口から滴り落ちる血。

平兵衛は、こと切れていた。

「あ、うっ……平兵衛様、平兵衛様ぁ！」

平兵衛を抱き起こし、あらわになっている胸板を叩く。頬に手を添えると、ヒンヤリとした冷たさが伝わってくる。

平兵衛の手から、血にまみれた刀が転がった。血みどろの着物から溢れ出るのは、平兵衛の臓物。

亜弥は吐き気を催し、両手で口を覆った。込み上げてくる嘔吐感を抑えることができない。

「う……おぇっ」

人目をはばかることなく、込み上げてくるすべてを吐き出した。

存分に吐くと、砂と平兵衛の血にまみれた着物の袖で口元を拭う。目に浮かぶ涙は、堪えようがなかった。

次から次へと、涙の粒が零れ落ちてくる。

「平兵衛様……あっ、あ……ああぁぁああああっ」

平兵衛の着物を摑み、胸板に頬を寄せる。

悔しい。悔しくて、たまらない。

なぜ、どうしてという問いが、ずっと頭の中を巡っている。

泣き喚く自分の声を遠くで聞いているような感覚が不思議だった。

とても感情的なのに、どこか冷めている自分。まるで、もう一人の自分が俯瞰している感覚。自分の一部を意識的に切り離し、冷静を装っていなければ受け止めきれない現実。

「平兵衛様ぁー」

貴方はそれで満足だったのでしょう。でも、だけど……。

「私は、生きていてほしかった！」

生きて、自分の元へ帰ってきてほしかった。また、貴方に会いたかった。貴方の声が聞きたかった。貴方の笑った顔が見たかった。

貴方のことが、好きだから。

「っう……」

あのとき、父の手を振り払って貴方の元へ行っていたならば、貴方の命を繋ぎ止めることができていたのかしら。

悔しい。悲しい。辛い。憎い。

だけど、その表情を見たら……恨み言が言えない。

「どうして、そんなに穏やかな、安らかな笑みを浮かべられるの……？」

平兵衛を抱き起こすと、傷だらけの体にそっと腕を回す。力なく、ダラリと垂れ下がる血みどろの手に触れた。

「平兵衛様、冷たい」

とても冷たい。温かかった貴方の手が、なくなってしまった。

「平兵衛様……」

亜弥は、平兵衛の頭を胸に抱く。

次から次へと零れ落ちる涙の粒をそのままに、声が嗄れても泣き続けた。

三

ヒタリヒタリと、肌に触れるモノがある。

田中忠司は消灯されて暗い病室のベッドの上で、身動きが取れずにいた。

金縛りなどというものには、生まれてから五十四年間かかったことは一度もない。

（これが、そうか？）

意識はあるのに、指一本動かせない。胸が押されるように、重く苦しい。それに加え、ヒタリヒタリと、目に見えないなにかが触れてくる。

（怖い……）

テレビで見る心霊番組は、すべてやらせだと笑い飛ばしていた。あんなものは、いくらでも捏造や演出ができるのだと。

けれど、今は違う。

こんな病院の一室で、一般人にドッキリ企画を仕向けても、メリットなど一ミリもない。

忠司の身に起きているコレは、紛れもなく現実だ。

「っか……」

叫ぼうと試みたが、不発に終わった。

じっとりと汗ばむ額にヒタリと触れる。こめかみにヒタリと触れる。右頬にヒタリと触れる。無精ひげが生えている顎にヒタリと触れる。喉元に、ヒタリと触れる。やせ細った腹に重力が圧しかかった。

(助けてくれ……)

誰か、誰か。見回りの看護師か、誰か！

個室だから、自分以外に誰も居ない。

手が伸ばせればナースコールが押せるのに……。ピクリとも体は動かない。呼吸だけが荒くなっていく。

『ああ、悔しい』

『ああ、憎らしい』

『ずっと、ずーっと妬ましかった』

『嫉みが募っていた』

『なんでお前ばかり優遇された』

『憎らしい』

『羨ましい』

頭の中に直接響く恨み言。

忠司は、大きく目を見開いた。

夜の闇が動く。ゾゾゾと、意志を持って動く。徐々に黒く、徐々に濃く。見る間に闇が濃くなる。

それらは、人の形を成していく。人の形を成したひと際濃い闇の一つひとつに、一対の紅い輝きが浮かぶ。

いくつもの声が重なり、一つの言葉を吐き出した。

『殺してやる』

忠司に注がれる一対の紅い輝きたちは、瞳。その瞳には、恐怖に表情を歪める忠司が映る。

両手で絞められるように、リアルに喉元が圧迫された。

（苦しい、息ができない）

――殺される。

喉元は圧迫されたまま、違う手がヒタリと胸を触る。

体内にゾロリとなにかが潜り込んでくる感覚に抗うことができない。

ポンプのように動く心臓に、ヒタリと触れる。

（ダメだ、やめてくれ！）

紅い瞳が笑うように歪む。

『さようなら』

禍々しい声が別れを告げる。

握り締められていく心臓の痛み。

忠司の肉体は、生命を維持する機能をすべて停止した。


近くで、自分の名を呼ぶ声がする。

忠司は朦朧とする意識が覚醒していくのを認識し、ゆっくりと目蓋を持ち上げた。

目の前には、着物姿に袴を着けた青年が佇んでいる。太い眉に、クッキリとした二重。長い髪を後ろの高い位置で一つに結んでいる。

『どちらさま？』

『はじめまして。私は、河上平兵衛と申します』

平兵衛は忠司を安心させるように、ニコリと人当たりのよさそうな笑みを浮かべた。

『……ここは？』

周囲を見渡せば、一面が乳白色の世界。

たしか、忠司は死んだはずだ。得体の知れないモノたちに息の根を止められた。

舌癌だと診断され、手術が成功して、明日が退院の日だったというのに。

（悔しい。悔しくてたまらない！）

やり場のない怒りが溢れ、両手を握り締める。込めた力に拳が震えた。

『なあ……ここは、死後の世界ってヤツか？』

『はい』

『俺は、死んだんだな』

『……はい』

忠司の呟きに、平兵衛が静かに応じる。

（そうか……やはり、夢じゃなかった）

さらに拳を握り締め、悔しさに奥歯をグッと噛み締めた。きつく閉じた目蓋から、涙が滲み出る。目頭から溢れ出た涙は鼻筋を通り、ポタリと落ちた。

今の忠司は、肉体から離れた魂という存在なのだろう。魂になっても、涙が零れ出ることや拳を握れることが、純粋に不思議に思えた。

『幽霊ってのは、実体がないのに自分は触れるんだな』

『霊体同士で触れ合うことはできます。人間界の人工物は通り抜けますが、霊界では生きているときと同じです。ただ違うのは、飛べる、ということでしょうか』

『そうか、飛べるのか』

生きているときには、人気アニメのキャラクターのように、我が身一つで空を飛べたら移動が楽だろうにと空想していた。

死んでから夢が叶うとは、皮肉なものだ。

忠司は平兵衛に向き直る。

『河上平兵衛さんと言ったね。アンタは、なんの目的があって俺の前に現れたんだい?』

平兵衛は真剣な顔つきになると、わずかに頭を下げてかしこまった。

『忠司殿の生家である田中家は、私が仕えていた主君である尼子一族の末裔にあたります』

『ああ、尼子一族か……』

尼子とは、戦国時代に中国地方で勢力を誇っていた戦国武将だ。尼子と毛利の合戦は月山富田城の戦いと言われ、その戦に敗れて尼子氏は滅亡した。落ち武者として逃げてきた末裔の中には、いまだに毛利憎しという感情を抱いている者も居るという。

『たしか、ばあさんが言ってたな』

ばあさんとは、忠司の母のことだ。

母はいつも言っていた。田中の家は、尼子と毛利の合戦のとき逃げ延びてきた落ち武者の家系だと。田中の家はその尼子一族の血を汚さないために、代々同じ尼子一族の家系としか縁組をしてこなかったというくらい徹底している。

恋愛結婚はご法度で、恋愛結婚をしようものなら容赦なく勘当してきたのが田中の家だ。

だから忠司も見合いで結婚した。妻の家も、昔から尼子一族としか縁組をしてこなかった家系らしい。

戦国時代からしてみれば、もう約四百年も前のことになる。それなのに代々一族でしか縁組をしてこなかったというのだから、なんと結束が固いことだろう。

尼子の落ち武者であるという母の言葉を眉唾ものだと軽んじていたが……今、忠司の目の前には尼子一族の末裔であると太鼓判を押しにきた青年がいる。

『アンタは、戦に出たのか？』

『はい』

『毛利との合戦で、死んだのかい？』

重ねた問いに、平兵衛は答えない。

忠司は、閉じ込めていた記憶の蓋を少しだけ開ける。

『俺もな……戦争に出たんだ』

太平洋戦争のとき、十四歳以上であれば十七歳未満でも兵隊として志願ができるようになった。当時十六歳だった忠司は試験に受かり、志願兵として希望を胸に出兵したのだ。

機械をいじることが得意だから、配属されたのは愛知県にあった戦闘機の整備をする工場。

父と同じような年代の男たちから、忠司より少し上の年頃の男たちが、整備した戦闘機に乗って何人も飛び立っていったのだ。

そして、誰も帰って来なかった。

敬礼をして「行ってきます」と言った彼らの顔と声は、今でも忘れることができない。

だから酒に逃げた。酔いに身を任せているときだけは、辛い記憶を一時だけでも忘れることができたから。

しかし酒癖が悪く、妻や子供たちには迷惑をかけた。

心の弱さを酒で誤魔化し、強がるだけの弱い人間だったのだ。

戦争という極限の経験は、死と直面する感覚は、戦国時代の戦も同じだろう。

『お互い……よく生きたよな』

『……そうですね』

平兵衛はわずかに俯くと、複雑な表情を浮かべた。忠司と同じく当時を思い出しているのか、それはわからない。わからないけれど、互いに少しだけ共感できた気がした。

『悪いな。話を脱線させちまった』

平兵衛の肩に置いていた手を放し、ポリポリと頬を掻く。バツが悪くて、場を取り繕うように苦笑いを浮かべた。平兵衛も苦笑し、わずかに肩を竦める。

『田中家が尼子一族の末裔ってのは信じよう。戦国時代を生きたアンタが言うんだ。ばあさんの言葉とは重みも真実味も、なにもかも違う。それで、平兵衛さんは、なんで死んだ俺の前に姿を現したんだい？』

『忠司殿に頼みがあり、参上仕りました』

『頼み？』

言葉を繰り返せば、平兵衛は頷く。

『忠司殿のご息女である、アサ乃様について』

『アサ乃が？　どうしたって言うんだい』

真面目な表情を浮かべる平兵衛に、忠司も心なしか緊張が走る。

『アサ乃様は、私がお仕えしていた……お屋形様の奥方様にあらせられます』

平兵衛の言葉に、忠司は素っ頓狂な声を出す。

『なんだって！　あのアサ乃が奥方様？』

一人娘であるアサ乃は、とても奥方様なんて性分じゃない。

自称親バカだから、顔の造りは綺麗だと周囲に自慢しているが、性格はしおらしさなんて欠片もなく、子供の頃は木の棒を刀代わりにして近所の男子に交じってチャンバラをするような子だった。中学で始めた剣道では、最初に出た大会の個人戦でのみ負けたけれど、そのあとはどの大会の個人戦も部活を引退するまで連戦連勝。優勝の常連だったくらい強かった。高校に入ったら剣道をやめてしまったけれど、反抗期が最高潮となり、かなり言うことを聞かない時期に突入したものだ。目標を見つけて短期大学に入ってからは真面目に勉強をして、社会人になった今では立派に会社勤めを果たしている。

ザッと、我が娘の幼少期から大人になるまでを思い返してみたけれど、やはりどこにも奥方様らしさは皆無。

『平兵衛さん……アサ乃が殿さんの奥方様だなんて、なにかの間違いじゃないか？』

『いえ、間違いではありません。アサ乃様の前世である奥方様は、大層なじゃじゃ馬姫でありました』

『じゃじゃ馬姫……』

それなら、十分にアサ乃だ。

『それに、私はずっと見守ってきたのです』

『アサ乃をかい？』

平兵衛は、コクリと頷く。

『奥方様が天寿を全うされ、生まれ変わる度に……守護霊というにはおこがましいですが、ずっと傍で見守っていました』

『さては、アンタ……奥方さんのことを』

皆まで言うなと言うように、平兵衛は瞳を閉じて頭を振る。忠司は最後の言葉を飲み込んだ。そして、疑念を口にする。

『しかし、生まれ変わりなんてのが、本当にあるのかね』

『核となる魂はそのままに、新たに生を授かるとき、魂は分裂します。なぜ、そうなのかではなく、魂とはそういうモノなのです。だから、器である容姿が変わっても、魂は同じなのです』

わかるような、わからないような。わかった気分になるような、煙に巻かれているような。車を乗り換えるようなもんだろうかとイメージしてみたら、一応納得はできた。真偽のほどは、忠司自身が生まれ変わるときに知ることとなるだろう。

『それで？　尼子一族の殿さんの奥方だったアサ乃が、どうかなるのかい』

平兵衛は頷き、縁談についてです、と静かに告げた。

忠司は驚きに目を円くする。

『ついに、アサ乃の縁談が決まるのか！』

社会人になった二十一歳から仲人に頼んで見合いをしているが、二十四歳になった今まで一つも決まらない。

見合い相手がアサ乃を気に入っても、アサ乃が相手のことを気に入らないのだ。

忠司が見合いをした頃は、親が嫁げと言ったなら、どんなに嫌でも結婚しなければならなかった。個人の意思など尊重されない。それはどこぞの財閥の話ではなく、一般家庭でもそうだったのだ。

ところが今は、見合いをする当人の意思が反映される。嫌だと言えば、断れるのだ。

アサ乃は九星や生年月日といった相性を重視していて、アレが悪いコレが悪いとなかなか首を縦に振らない。

可愛い一人娘には幸せになってもらいたいから、忠司と妻はアサ乃が納得する相手が現れるまで、結婚はしなくていいと思っていた。

けれど、親戚や近所の連中は違う。

相性が悪いなどと言っていては、いつまで経っても結婚ができない。結婚して長く暮らせば情が湧くだの、連中は自分事ではないから無責任な持論とお節介を持ち込んでくる。

それでも妥協しないのだから、忠司と妻に似てアサ乃は頑固で強情だ。そんなアサ乃の縁談が決まるとなれば、なんと喜ばしいことだろう。

平兵衛は、鼻息を荒くする忠司に苦笑を浮かべる。

『落ち着いてくださいませ』

『これが落ち着いていられるか！』

忠司は平兵衛にズイと近寄った。

『相手の男は、どこのどいつだ？　何人兄弟だ？　あ〜！　長男にはやらん。長男の嫁は大変だからな。俺が長男だから、かかぁには苦労ばかりかけてきたんだ。だからアサ乃は長男の嫁にはしたくない。次男か三男がいい。どうなんだ？』

『だから、落ち着いてくださいって』

平兵衛にたしなめられ、忠司は我に返る。天を仰ぐと、自らを落ち着かせるために深呼吸を一つした。

『すまない。アサ乃のことになると……』

『娘を可愛いと想う父の心は、いつの世も同じですね』

にこやかな笑みを浮かべる平兵衛に、力んでいた肩の力が抜ける。年相応に見える平兵衛の笑顔に好感が持てた。

『ご縁の糸のお相手は、前世でお屋形様と奥方様の間にお生まれになった若君の生まれ変わりとなっている方です』

平兵衛の口が『名前は――』と動くと同時に、忠司の視界が遮られた。

突如として襲い来た闇。平兵衛の姿は見えず、声も聞こえない。言葉を発そうにも、口が覆われているかのように喋ることができなくなっていた。

（なんだ、これは！）

四肢が拘束され、身動きが取れない。闇のせいで上も下もわからない。

（どうなってんだ！）

状況が摑めない忠司の耳に、ヒタリヒタリとなにかが近づいてくる音が届く。

聴覚だけ感覚が残っていたことに安堵するも、この音には嫌な記憶が蘇ってきた。

病室のベッドの上で、忠司を殺したモノと同じ音をさせている。

『忠司〜』

『よく来たな〜忠司〜』

名を呼ばれたことに驚きと動揺が隠せない。

いったい誰だ。知った人間なのだろうか。

ヒタリヒタリと、それらは肌の上を触りにくる。嫌悪が込み上げ、叫び出したい衝動に駆られた。

しかし、またも声は出ない。

『助けてくれ』

『苦しいよぉ』

『助けて……』

『助けて〜』

一人二人の声ではない。大人の声から子供の声まで。いったい何人居るのだろう。闇に慣れた目が、ぼんやりと輪郭を捉え始めた。落ち窪んだ眼窩に嵌まる、ギラギラと鈍く輝く血走った眼玉。痩せ細り、削げ落ちている頬。浮き出た鎖骨にあばら骨。プックリと盛り上がる、丸い大きなボールが入っているかのような腹。骨と皮だけの指と手の平。下卑た笑みを浮かべる口元。

忠司にまとわりついている輩は、地獄絵図で見たことがある餓鬼そのもの。

『うっ、うわぁあぁあぁぁ！』

出なかった声が出る。

忠司は盛大な悲鳴を上げ、ヒタリヒタリと体にすがり付いてくるそれらを必死に振り払おうとした。

けれど四肢は、蔦に絡めとられたように動かない。

『やめろ、忠司。俺だよ～』

『やめて～忠司～。私だよ』

（なんで、俺の名前を知ってるんだ！）

恐怖に支配されながら、すがり付いてくるモノたちを確認する。

しがみついてくる餓鬼たちの正体は、同じく餓鬼にしがみつかれて苦しんでいる忠司の父や祖父母たちだった。

四

遺影の父は、アサ乃の気も知らずに笑っている。

十二月二十五日。あと二週間くらいで退院できるだろうと電話口で話した父は、退院の前日に、この世を去ってしまった。しかも、その日は誕生日の一週間前である。手術も成功して、順調に回復していたのにと、医者も看護師も驚いていたらしい。

「糊と赤札は持った？」

「車の乗り分けって、どうだったかな？」

アサ乃は親戚たちの会話を聞きながら、父の戒名と享年を書いた赤い札の束を持って軽自動車の助手席に座った。

札の中央には、南無地蔵菩薩と印刷されている。

霊峰として信仰を集めている大山《だいせん》の圏域は、地蔵信仰が根付いている土地だ。

そして人が死ぬと、閻魔大王を始めとした十王の死後の裁きが軽いものであるようにと、閻魔大王の化身である地蔵菩薩に願うべく、一週間に一回祈りに巡るという風習がある。四十九日を迎える日までに、二人以上の人数で七回札場を巡るのだ。

それが、死した身内への供養になるらしい。

市内を流れる加茂川沿いから寺町にかけて、地蔵菩薩が祀られている傍らには、札を貼るための板が設置されていた。板がない場所には、地蔵菩薩が安置されている厨子や、地蔵菩薩に直接この札を貼るのだ。

白札と赤札の二種類があり、赤札は打ち止めを意味する札。

今日は七回目の札打ち。父の四十九日は明後日だ。

手の中にある赤札に視線を落とす。

享年五十五歳。

「早すぎるよ……」

アサ乃は、父の死に目に会っていない。母も、父の死に目に会っていない。看護師が朝になって病室を訪れると、すでに冷たくなっていたそうだ。突然の心臓発作だったのか、解剖を勧められたが、断ったために正確な死因はわからない。

父が亡くなる前日に見舞いへ行った母によると、その日もアサ乃の縁談を気にしていたという。

父が生きている間に、伴侶を見付けることができなかった。

七度目の見合いも、相手はアサ乃を気に入ってくれたが、アサ乃が相手を気に入らなかったのだ。

意中ではない相手から、いくら好きだと言われても、自分にその気がなければ虚しいだけ。

アサ乃は、愛されるよりも自分が愛したかった。そういう人に出会いたい。だけど……だから、父に花嫁姿を見せてあげることができなかった。

悔やまれるけれど、これが現実だ。

「出発するぞ」

兄が運転席に乗り込み、後部座席には母と義姉、姪が座った。

カギを差し込んで回すと、エンジンが動き出す。ギアをドライブに入れてサイドブレーキを解除すると、車は流れるように一般道を走り出した。


寺町を巡り、商店街の食堂で昼食を食べてから安来にある清水寺を目指す。

国道九号線を走っていると正面に城山が見え、城山の上には、かつて久米城とも呼ばれていた米子城の石垣が残る城跡が見える。

米子城は、明治になってから民間に売られ、その木材は風呂屋の薪になったと聞いたことがある。今でも残っている石垣は立派なもので、城が健在であったならば観光の目玉になっていたのではないかと思ってしまう。

その城跡に登れば、米子の町が一望できる。眼下に広がる街並みと、弓ヶ浜半島。

海のように大きな湖である中海は、とても雄大だ。

城山の麓を通っている国道九号線の両脇には、イチョウの木が植えられていて、秋には黄色い並木道となる。

二月の今は、イチョウの木に葉っぱはない。

道路を走っているときに少しだけ顔を覗かせる中海の湖面は、冬の空を映して灰色がかっていた。

『彼の地に逃げ延びて、必ず生き延びようぞ』

アサ乃の脳裏に、不意に浮かんできた言葉。

（なんだろう。心が、ザワザワする）

父を亡くした傷心とは違う、胸のざわめき。

今の言葉は、誰の言葉だろう。

現代の人間で、彼の地などという言い回しをする者は、まず居ない。

アサ乃の記憶なのか、テレビで見た時代劇のどれかで聞いたセリフなのか。

ふと、中学二年生の十四歳だった頃の記憶が蘇る。

従姉の結婚が決まったとき、祖母と口論した内容だ。

祖母は、恋愛結婚をした従姉を、その両親に勘当させた。たった一人の娘だったのに。

祖母が勘当させたのは従姉だけではない。祖母の実の妹も、実の息子も、見合い結婚ではなく恋愛結婚をした身内は容赦なく勘当してきた。田中の家は親戚中がみんな、尼子一族の末裔だからと。

尼子と毛利の合戦のときに逃げ延びてきた一族だから、血を薄くしないために、尼子一族の血筋以外と縁組することを許さなかったのだ。

最年長である祖母は、田中家の中で一番権力を持っている。

祖母の言うことには絶対に従わねばならず、反論するにはかなりの勇気と毅然とした態度、そして揺るぎない覚悟が必要となるくらいだ。

祖母を納得させるには、かなり高いハードルがある。

当時十四歳のアサ乃が、恋愛結婚をしたくらいで勘当だなんて今時ナンセンスだと騒いだところで、祖母にしてみればコバエが飛ぶようなもの。結婚は当人同士ではなく、家同士の繋がりであること。田中の家は代々そうして血を繋いできたのだと説教を受けた。

極めつけには、受け継いできた尼子一族の血を守らないといけない。よその血を混ぜることは断じて許さない、と念を押された。

アサ乃が見合いを始めて二年が過ぎた頃、商売で仲人をしている男性が訪ねて来たことがある。

どこの家の誰が結婚相手を探しているだとかいうプライベートな情報は、近所の小母さんたちにも知れていた。人の口に戸は立てられぬから、商売として仲人をしている人にも情報として伝わってしまうだろう。

商売仲人に対応したのは、もちろん祖母だ。

祖母の前には、県の内外を問わず、結婚適齢期に差しかかった男性の釣書が何枚も並べられたらしい。

釣書とは、見合いの履歴書だ。生年月日に通った学校、勤め先、家族構成等が書いてある。その釣書と写真で、見合いを受けるか断るかの判断をするのだ。

県外の男性との見合いを勧める商売仲人に、祖母は親戚の名を挙げ連ね、こう問いかけたという。

「この親戚付き合いをしている我が家に、アンタさんは、この見合い話を持ってきなさるかな？」

普通なら「それがどうした」と思うところだけど、曲がりなりにも仲人を生業としている人だから、その親戚たちがどういった血筋なのかは把握しているらしく「申し訳ありません……」と謝って、そそくさと退散したそうだ。

祖母は、血筋に誇りを持っている。時代錯誤だと言われようが、戦国時代に逃げ延びてきた尼子一族の末裔であることに誇りを持っているのだ。

アサ乃が仕事に出ている間に起きた出来事で、母から聞いた話だけれど、きっと祖母は姿勢を正し、凛として、高圧的な態度を取っていたことだろう。

商売仲人には、同情を覚える。

そして、そこまで血にこだわる理由が、アサ乃は二十四歳になった今でも理解ができない。

一族以外と縁組してもいいじゃないかと、カチコチに固められた祖母の概念を覆してやりたいという反発心も、実はまだある。大人しく見合いに応じているのは、ひとえに勘当をされて両親を悲しませたくないからだ。

しかし、短大を卒業して二十一歳から見合いを始めたが、いまだ良縁とは巡り会えていない。そもそも、いくら身内や近所の人から見合い話が来ても、まずは祖母や両親の許可が下り、続いて親戚一同の許可が下りなければアサ乃にまで到達しないのだ。

たった一つの見合い話が届くまでに、血筋に対する審査がいくつも入る。一族と言っても、いろんな繋がりがあるからだろう。親戚のどこか一軒でも首を縦に振らなければ、アサ乃が知らないところで見合い話が断られるのだ。

今までアサ乃の元に辿り着いた見合い話は七つ。その間に、いったい何件の見合い話が却下されたかわからない。

なんの試練だと思うくらい、なんと狭き門だろう。

アサ乃の結婚にそこまでの価値があるのか、はなはだ疑問だ。

実を言えば、タイミングが合えば、学生の間に恋愛の一つや二つは経験してみたかった。社会人になるまでは、コッソリ恋愛を楽しむのもありかもしれないと、心の片隅で思っていたのだ。

お付き合いしたとしても、必ずその相手と結婚するわけではない。学生の間だけという約束で彼氏彼女という関係になった友人もいたのだから、別れることを前提とした付き合いというものもあると知っていた。

だけど……初めて付き合った人と長く関係が続いたら、その人と結婚したいと思うようになるかもしれない。人生を最後まで共にしたいと思ってしまうかもしれない。

そうしたら、アサ乃は勘当だ。

付き合い始めも別れたときも、家族に言わなければバレはしないと思って始めた彼氏彼女の関係でも、恋愛結婚にまで発展してしまっては元も子もない。

なにより、勘当された従姉の結婚式に参列した母から聞いた話が、アサ乃に恋愛を踏みとどまらせるほどのショックを与えた。

娘の晴れ舞台なのに式場には両親の姿がなく、別室のモニターで結婚披露宴を見ていたというのだ。母は心の底からおめでとうと言えず、やるせない表情のまま引き出物の整理をしている姿を見てしまった。

アサ乃は両親に、そんな寂しい想いをさせたくない。

そのためには、恋愛結婚はご法度。祖母の望む、見合いによる結婚で伴侶を見付けなければならないということだ。

人生を共にする伴侶と、確実に見合いで出会うことができるかわからない。わからないけれど、家族から祝福されない結婚は、周囲を不幸にするのだと実感した。

従姉が勘当されていなければ、母は辛そうな表情で、引き出物の整理をすることはなかったのだから。

アサ乃は結婚で、家族に嫌な想いをさせたくない。だから、祖母が言うような尼子一族の血がどうこうではなく、父と母のために見合い結婚をすると決めたのだ。

ただ、尼子一族の血という呪縛が嫌いだった。

そんな血に、なんの価値があるというのだろう。

アサ乃は、後部座席に座る母を呼ぶ。

「ばあちゃんが言ってた落ち武者っていう話だけど、お母さんはアレどう思ってる？」

母はしばらく沈黙したのち、おっとりした口調で答えた。

「お母さんは、本当だと思っているよ」

「なんで、そう思うの？」

本当だと思える根拠は、なんだろう。

以前、親戚の叔父や叔母に尋ねたときは、祖母の妄言だと相手にされなかった。昔から貧乏百姓だと、酒を飲みながら笑い飛ばされたのだ。

「おばあちゃんは明治生まれで、江戸時代を生きてきた、お母さんが会ったこともないような先祖さんと生活をしてきているじゃない？　そういう時代は、語り継ぐってことに、とても重きを置いていたと思うのよ。死ぬ前に自分の人生や功績を後世に伝えるため、死期を察知した人が自分の言葉を書き留めさせたりね、あったっていうから……だから、嘘じゃないと思うの」

江戸時代を生きてきた先祖だなんて、昭和生まれのアサ乃からすれば、かなり時代を遡った人たちになる。

アサ乃から数えて、四代前や五代前になるその人たちが、祖母にとっては自身の祖母や曾祖母に当たるわけだ。江戸時代の末期といえば、江戸幕府と新政府軍が国を想って戦った、動乱と言われる幕末を生きた人たち。アサ乃にとっては、時代劇を見るような、遠い昔の出来事という感覚だ。

「ウチは立派なところみたいに、歴代の家系図が残っているわけじゃないけどね、そうやって……昔から代々語り伝えられてきているのよ。口伝ってヤツね」

「口伝、ね……」

昔から口伝えで伝わっていて、周りの親戚筋がみんなその家系なら、祖母の話を頭から否定しきれないということか。

「そう。だから、次の代に語らなかったら終わってしまうわ。お母さんは別にどっちでもいいんだけど、おばあちゃんはそれを誇りに想って、使命として家を守っている人だから……腹が立つのはわかるけど、邪険にしてあげないでちょうだいね」

「それとこれとは、話が別よ」

素っ気なく言い捨てると、窓の外を眺めた。

車は清水寺に行くため、もう国道九号線ではなく、山陰本線の線路を越えて山のほうに向かって走っている。

見える景色は、わずかな陽光を反射させて鈍く光る溶けかけの雪の塊と、ところどころに葉が残る寒々しい裸の木々。

この木は、いつの時代から生えているのだろう。道路整備をされた道だろうから、街路樹は数十年くらい前からだろうか。城山を始め、昔から在る山の木々は、先祖が暮らした時代から代替わりしている木々だろう。

想いを馳せつつも、引っかかっているのは、あの言葉。

――彼の地に逃げ延びて、必ず生き延びようぞ。

(さっき頭に浮かんだ言葉は、ご先祖様ですか?)

心の中で問いかけても反応はなく、望むような答えは得られない。あれは気のせいだと、そう思うことにした。

アサ乃は午前中で仕事を終え、家の駐車スペースに車を停めた。

土曜日の午後休み。翌日の日曜日も仕事は休み。なんて幸せなのだろう。

本を読むのもいいし、音楽を聴くのもいい。スナック菓子を貪りながら、それらができたら最高だ。怠惰な休日万歳である。

家の中に入ると、いつも聞こえてくるテレビの音がしない。テレビの前を離れない祖母が、今日は珍しく出かけているみたいだ。

二階にある自分の部屋へ向かおうとすると、美味しそうな匂いが鼻をくすぐる。いい匂いが充満しているということは、作り立てなのだろう。今日は、母もパートが休みだったらしい。

足を台所へ向け、昼食のメニューを確認するべく顔を覗かせた。

テーブルの上には、ラップに包んだおにぎりが山盛り。小皿には黄色い満月のように輪切りにされた沢庵漬け。大皿には大量の茄子の煮物。平皿には子持ちシシャモが並んでいる。

食欲をそそる美味しそうな匂いの元は、子持ちシシャモだった。

「あ～お腹空いた～。お母さん、つまみ食いしていい？」

「いいけど、アンタ今日の一時半からお見合いだよ。ご馳走が食べられなくなるから、つまみ食いはやめておきなさい」

「あれ？　今日って、お見合いだったたっけ」

　昨年の十二月に父が亡くなってから、仲人たちが気を使って、見合い話は控えてくれていたのだろう。約九か月振りで八回目の見合いになる。

　いつもは見合いの履歴書と言える釣書を隅々まで確認して相性をチェックしているが、今回はやる気が起きず、なにもしていなかったことを思い出す。見合い相手の写真は見たような気もするけれど、朧気にしか覚えていない。さらに酷いことに、見合い相手の名前も生年月日も記憶していなかった。

　見合いに対するやる気と情熱は、もはや下火になっている。

（その場で返事をするわけでもなし。相性の善し悪しは帰ってから確認しよう）

　時計を見れば、見合い開始時間まであと一時間。

　母は味噌汁を作り終え、エプロンを外す。

「お母さんも準備するから、早く着替えて化粧直しておいで」

「は〜い」

　アサ乃は子持ちシシャモを一匹摘まみ、頭からかじる。少しの苦みと、塩辛さが口の中いっぱいに広がった。小さめのおにぎりを一つ掴み、台所をあとにする。ラップを外して、階段を上りながらパクリとかぶりつく。三口ですべて口の中に入れると、頬をリスのように膨らませて咀嚼した。子持ちシシャモとおにぎりのアンサンブルで、空腹が少し満たされる。

仕事用のカバンを机の脚元に置くと、タンスの引き出しを開けた。

（さて、今日はなにを着るべきか……）

見合いを始めたばかりの頃は、新しい服を買ったりアクセサリーに気を使ったりしていたが、見合い歴三年目を迎えて二十四歳になった今では、すべてが適当になってしまっていた。

（小奇麗に見えるから、これでいいや）

ゴテゴテに着飾らなくても、清潔感のある身だしなみになっていたら、それでいい。

膝下丈のフレアスカートとブラウスを取り出し、ライトベージュのストッキングを履くと、小ぶりのネックレスを着けた。

鏡を覗き込み、パフに取ったファンデーションをポンポンと叩き込む。ふんわりとチークを乗せて、ほぼ落ちている口紅を付け直した。

スッピンと化粧後で印象が詐欺レベルに違うと言われたら嫌だから、派手ではないナチュラルメイク。ヘアブラシとヘアゴムを手に取り、鎖骨あたりまで長さがある髪をハーフアップにする。耳にユラユラと揺れるイヤリングを着ければ、よそ行きアサ乃の完成だ。

仕事とプライベートで兼用している腕時計で時間を確認する。

移動時間を考えたら、そろそろ出発したほうがよさそうだ。

お出かけ用の小さめのポシェットを掴み、部屋を出る。

「あぁ、お腹空いた……」

子持ちシシャモ一匹と小さめなおにぎり一個で、腹が満たされるはずもない。

今日は見合いの席で、どんなご馳走が食べられるだろう。

お昼ご飯を楽しみに、玄関で母と合流すると、自分の車の運転席に座る。

（今日の見合い相手は、どんな人かなぁ）

気にはなるけれど期待はせず、フットブレーキを踏んでカギを回し、車のエンジンを始動した。


お見合い会場は、商店街から少し離れたエリアにある喫茶店だった。

BGMが流れる店内は、心地よいコーヒーの香りで満ちている。

丸テーブルを囲んで、母と仲人の小母さん、そして相手方の両親が話をしていた。

見合い相手は仕事が長引いているようで、まだ姿を現さない。

（お腹空いた……）

目の前にあるコーヒーをすすりながら、左の手首に着けている腕時計に目をやる。午後二時過ぎを指している時計の針。こんなことなら、おにぎりをもう一個食べてくればよかった。空腹の限界で、もうだいぶ気持ちが悪い。コーヒーを飲んでいなければ、吐き気を催していたかもしれない。

カランと、ドアに吊り下げてあるベルが鳴る。

すみません、と謝りながら近づいてくる男性の声。

アサ乃はコーヒーから声の主に視線を動かすと、思わず目を見張った。

見間違えかもしれないと、コーヒーに目を移してから、もう一度男性に目を向ける。

眼鏡をかけた細面。天然なのかパーマなのか、ゆるくウェーブしている髪の毛。目元に浮かぶ笑いジワ。

隣に座る母の顔を窺うと、アサ乃と同じように目を見張っている。

二人共、男性の顔から眼が離せない。

自分を凝視しているアサ乃たちに気づきもせず、たった今到着した男性は、空いている椅子に手を伸ばした。

「紘市《こういち》、遅いじゃないの！」

「ごめんよ。急ぎの仕事が入って、段取りしてたら間に合わなかった」

紘市は自分の母と小声で言葉を交わすと、慌ただしく椅子に腰を下ろし、人数分用意してもらっていたコップの一つを手に取って一気に水を飲み干す。

ゴクゴクと鳴る喉。飲みっぷりのよさに、アサ乃は感心してしまった。

「あ、すみません。急いで来たから、喉が渇いて……」

紘市は自分に向けられる視線にようやく気づき、コップをテーブルに置くと、バツが悪そうに頭を掻いた。

とりあえず、タチの悪い人ではなさそうだ。

紘市が落ち着いたところで、仲人の小母さんが「あ〜よかった!」と、大袈裟に手をパンと鳴らす。場の雰囲気を変えるきっかけにしたかったのかもしれない。

「田中さん、お待たせしましたねぇ。早速、紹介に移らせてもらいますね」

小母さんがアサ乃と母に手を向け、紘市と紘市の両親に笑顔を向ける。

「こちら、田中アサ乃さん」

アサ乃は会釈をするように、軽く頭を下げた。

「こちら、塚平紘市さん」

紘市も軽く頭を下げ、目尻に笑いジワを浮かべて「どうも」と頭を掻く。

「遅くなって、本当にすみませんでした。今日に限って……という感じで」

「いえ、お気になさらずに」

急いでいるときに限って、不測の事態は起きるものだ。

「では、今から若い二人には移動してもらいましょう」

「えっ！」

小母さんの言葉に、思わず心の声を漏らしてしまった。

「アサ乃さん、どうかなさったの？」

「え、いや……その」

素直に伝えていいものか。考えあぐねていると、盛大に腹の虫が鳴った。とっさに腹を押さえるも、時すでに遅し。恥ずかしさで顔が赤くなる。

俯いていると、目の前にメニュー表が差し出された。

顔を上げれば、はにかんだ紘市の顔。

「僕のせいですね。時間も時間ですし……ここで、みんなで食べましょう」

もう一つあったメニュー表を広げ、紘市は自分の両親と仲人の小母さんに「なにが食べたい？」と話しかけている。

気遣いができる男を演じているのか、素で行っているのか。

アサ乃は、まだ判断がつかないな……と、死んだ父に顔がソックリな紘市の様子を冷静に観察した。

五

紘市は仕事の休憩時間に、一人で少し急な石段を登り始めた。

石段の麓には常陽山恩梌寺と彫られた石柱と、寺なのに赤い鳥居が建っている。

なぜなら、恩梌寺の御本尊は岡山県の最上稲荷に祀られているご本尊と同じ最上位経王大菩薩。お使いである白狐に乗った女神の姿で、主に商売繁盛の神として信仰を集めていた。

塚平家の檀那寺は曹洞宗の法蔵寺というところだが、困りごとの相談や日々の先祖供養、水子供養は、こちらの恩梌寺で行ってもらっているのだ。

法蔵寺の檀家で恩梌寺の信者というのが、塚平家というよりも、紘市の母と紘市の立場だった。

石段を登りきり、本堂に入る。

御宝前には、江戸時代から常陽山に祀られていた薬師如来と、御本尊である最上位経王大菩薩のお姿。そして日蓮宗の加持祈禱をすることから、日蓮大聖人の像と鬼面の鬼子母神像も安置されている。

線香に火を灯し、線香立てに一本立てると、合掌して静かに目を閉じた。

(先日のお見合いですが、良縁ならば結縁を宜しくお願い致します)

心の中で念じ、題目を数回口にする。

目を開き、傍らに置いていた鞄に手をやった。中には、サラシで作った越中褌とタオルが入っている。

「さて、水行してこよう」

職場が寺に近いということもあり、昼休憩に水行することが日課になっていた。

今の心願は良縁結縁。人生の伴侶と出会い、結婚して家庭を築くこと。

先日の見合いでは、仕事の都合で三十分近く遅れて到着してしまった。

見合い相手とその家族は不機嫌で待っているかもしれないと覚悟していたけれど、予想に反してまったく険悪な雰囲気ではなく、ホッと胸を撫で下ろしたのだ。

(温厚そうな女性だったな)

脱衣場で服を脱ぎ、褌を締める。

お滝場に祀られている八大龍王に手を合わせ、バケツと柄杓を手に取った。

町中に在る山の中に位置する恩検寺のお滝場は自然の滝ではなく、水道の栓を引いて人工的に作られている。人工的なお滝場であっても、そこには注連縄が張られ、この場は聖域であると示されていた。

お滝場の水は、上部に設置された石で形作られる龍の彫り物の口から、マーライオンの噴水のように落ちてくる。水の着地点には、仁王立ちができるくらい大きな一枚の石で足場が作られ、周囲三十センチから四十センチくらいの距離を取り、水を溜めるために石とコンクリートで覆われる小さな溜池のような造りとなっていた。

紘市が蛇口を捻ると、勢いよく水が躍り出る。

バケツに水を溜めて、右手で柄杓を持って水を汲むと、左手の平を器のようにして水を注ぐ。口をすすぎ、左右の手を水で浄めたあと、下半身と足を浄めるために柄杓の水をかけた。

再度、八大龍王に軽く合掌して、水を出し続けるお滝場の龍に向き直る。

意を決して、水が溜まる池に一歩を踏み出した。足を浸けると、冷たさが全身を駆け抜ける。十月も終わりが近いから、水も冷たくなってきているのだ。

溜まっている水は、ふくらはぎの一番膨らんでいる辺りまで水かさがある。

左手右手、左足右足と落ちてくる水を当て、両手を器のようにして水を溜めると胸にかけた。足場に上がり、落ちてくる水に背を向ける。

首の下辺りに水を当てると、合掌して思い切り息を吸い込んだ。

「南無妙法蓮華経！」

息が続く限り、繰り返し題目を唱える。一息を四回か五回は繰り返し、お滝場を出た。

　吹く風に撫でられ、濡れた全身はさらに冷たさを増す。けれど、気分はとても清々しい。

　濡れた体をタオルで拭き、脱衣所で服に着替えて本堂へ戻ると、住職が待ち構えていた。

　まだ五十代の女性住職。信者からは、お上人《しょうにん》、あるいは寛廉《かんれん》上人と呼ばれている。

「こんにちは。水行させていただきました」

「紘市、お前……なにを連れてきた？」

　言われている意味がわからず、ハテと紘市は首を捻った。

「とにかく、座りなさい」

　寛廉に促され、本堂の真ん中に正座する。寛廉は菩提樹と瑠璃の数珠を手にした。

「終わるまで、目を閉じていなさい」

　言われたとおりに目を閉じ、おもむろに合掌する。寛廉は、死んだ人間や妖が見えて、会話ができて、祓える人なのだ。

　寛廉は菩提樹と瑠璃の数珠を紘市の頭に置く。しばらく、無言の時間が流れた。

「紘市」

　名を呼ばれ、紘市は目を開ける。

「一番最近、見合いをした相手は田中アサ乃という娘さんだね」

「そうです。え、でも……なんで？」

どうして今、先日の見合い相手の名前が出てくるのだろう。

寛廉は紘市の差し向かいに座ると、軽く眉間を揉んだ。

「その娘さんの父親が、お前に頼ってきている」

「え？」

頼ってきている。それは、取り憑いていると同義だ。

「なんで、僕に……」

若干うろたえていると、寛廉は苦笑する。

「よほど自信があるようだ。この寺で拝んでくれるなら、紘市と娘を結婚させてやると言っている」

寛廉から出てきた言葉に、紘市はポカンと口を開けた。

「そんなことって、あるんでしょうか？」

「拝んであげるか否か、それは紘市次第だ。縁の有無で言えば、袖が触れたようなものだろう。拝まないのであれば、拒否したらいい」

「拒否……」

実は、紘市の元へ田中アサ乃との見合い話が来たのは、今回で二度目だった。

一度目は、約一年前。兄が近い年齢の女性と見合い結婚をしたばかりだったから、気が進まなくて会う前の段階で断ったのだ。そのときに見た釣書には、両親の名前が書いてあった。けれど、今回は母親の名前しか書かれていなかった。見合いの席にも、母親しか来ていなかった。

（この一年以内に……父親は亡くなられていたのか）

ならば、まだ電話帳に名前が残っているかもしれない。

「袖すり合うも他生の縁と言います。見合い相手の方とどうなるかわかりませんが、一度だけ拝んであげようと思います」

紘市の言葉に、寛廉は驚いたように目を円くする。しかしすぐに驚きの表情は苦笑に変わり、お前はお人好しだなぁ、と呆れたように呟いた。


ついに、約束の日がやって来た。

木鉦のリズムに乗せて唱えられる法華経を聞きながら、今か今かと、首を長くして順番を待つ。

ゆっくり上げられる題目と共に始まる焼香。香炭で熱された香の匂いが、全身の渇きを潤す水のように、心を満たしてくれた。

「施主、塚平紘市。俗名田中忠司霊位」

恩梌寺の住職に名を読み上げられた途端、体中にまとわりついていたよからぬモノたちが散りぢりに消えていく。

『あぁ……忠司〜』

『ずるい。ずるいぞ』

『お前だけ、お前だけ拝んでもらいおってぇ……』

羨む声に罪悪感を覚えつつ、重石を外されたみたいに軽くなった体が羽根のようだ。嬉しい。こんなに軽いのは、死んでから初めてだ。

『ああ、楽になった』

忠司は、大きく伸びをしてから首と肩を回す。

死んでからずっとまとわりつかれていたのだから、重くて身動きが取りにくかった。これで、やっと自由に動けそうだ。

『お上人さん、ありがとうございます。お陰で、楽になりました』

深々とお辞儀をすると、寛廉は「それは、よかったです」と笑みを浮かべた。

「お礼は、紘市に。あの子が拝むと言わなければ、こうはならなかったのですから」

『はい。全力で縁を結ばせてもらいます』

拝んでくれたら、アサ乃との縁談をまとめる約束だ。これから全力で事に当たるとしよう。どんな邪魔があったとしても、撥ね退けてやる。

意気込んでいると、寛廉に呼びかけられた。

「田中さん。今は楽になったかもしれないけれど、それは一時のことです。供養は続けていかなければ、また餓鬼にまとわりつかれてしまいます」

『やっぱり、あれは餓鬼なんですね』

忠司にまとわりついていたモノたちは、地獄絵に描かれている絵と同じ体型をしていた。まとっている雰囲気は絵に描かれていたよりも禍々しく、空腹だけではないなにかに枯渇しているようで、常に飢えていた。

（また、ああなるのは困る。助けてくれと、もがき苦しまなければならなくなるのは……）

餓鬼が助けを求める対象は、近しい家族。大事にしたい家族たち。

寛廉に拝んでもらい、散っていったモノたちは餓鬼だけではなく、すでに亡くなっている忠司の父や祖父母たちも含まれていた。父や祖父母たちも餓鬼に取り憑かれながら、苦しい、助けてくれと、もがき苦しんでいたのだ。

助けてくれと必死にすがりつかれても、なにも力がない今の忠司にはなすすべがない。どうしてやることもできず、自分のほうが同調していくしかなかった。

ずっと取り憑かれていると、だんだん自我を保つことが難しくなり、感情が取り込まれてしまいそうになる。一縷の望みがあればこそ、かろうじて自我を保っていられたのだ。

(拝んでもらえて、よかった)

平兵衛の口から名前を聞くことはできなかったが、タイミングからして、今回の見合い相手がアサ乃の縁の糸が繋がっている相手に違いない。だから、絶対に結婚させると心に決めた。

この男と結婚しろと伝えるために、必死に妻とアサ乃に自分の顔を見せたのだ。

鈍感な妻とどんくさいアサ乃が気づいてくれたか不安はあるが、見合い相手の紘市がアサ乃を気に入り、その気があればなんとかなるだろうと見切り発車を試みたけれど……はたして、どうなることやら。

『また餓鬼に取り憑かれたとしても、紘市君とアサ乃が結婚すれば、ずっと拝んでくれるでしょう。きっと、心配はいりません』

忠司が希望を口にすると、寛廉は微笑を浮かべた。

「貴方の娘さんが反対しなければ、紘市は拝んでくれる人間ですよ」

『ウチの娘は、納得すれば実行してくれる人間です。納得させるまでが大変かもしれませんが、そこは寛廉上人の導きに期待しています』

責任重大ですね、と寛廉は笑う。忠司もひとしきり笑い、お上人……と呼びかけた。

『人から聞いた話なんですがね。アサ乃は、紘市君と結婚する運命らしいんですよ。

だから、必ずうまくいかせてみせます』

「そうですか。私にとっても、紘市は可愛い。良縁のようだから、私も頑張って神様に祈念させてもらいます」

願いが叶うか否か、神の采配か……神のみぞ知る運任せなのか。

どちらにしろ、忠司にとってはアサ乃が幸せになってくれることが一番。運命と言われる相手となら、良好な関係が築いていけるに違いない。そう信じてしまうのが人間だ。

伴侶との相性が悪いと、それだけで人生が嫌になるという。

『宜しくお願い致します』

忠司は、寛廉に深々と頭を下げた。


頭を上げると、忠司の居る世界は一面が乳白色だった。

生きている人間と、死んでいる忠司のような人間の間を取り持つ寛廉のような存在が居ることが、どれほど心強いことだろう。

死んでしまってもなお、希望が持てる。ありがたいことだ。

『忠司殿』

名を呼ばれて振り向くと、長い髪を一つに括り、着物と袴を身に着けた青年が佇んでいる。

キリリと太い眉に、クッキリとした二重の青年は、忠司に深く礼をした。

『おう！　平兵衛さん』

『お久しぶりにございます』

体から魂が離れてしばらく経った頃、平兵衛と初めて顔を合わせた。

遠い先祖の側近であり、世話役だったと説明されたけれど、まったくもってピンとこなかったことを思い出す。

あの日以来、会えていない。出会えたのは、今日で二度目だ。

『無事に拝んでいただけたようで、安心致しました』

『ああ、お陰さんでな。これで、次に繋げて行かなきゃならん』

早速、動き出さなければ。いつまた、餓鬼に身の自由を奪われるかわからない。

『しかし、いまだに信じられないよ。本当なのかね？　あのアサ乃が……』

『間違いではありません。ずっと、私は見守ってきているのです。あの方の魂が生まれ変わるたびに、お護りしてきているのですから』

あの勝気な性格が姫さん当時のままなのだとしたら、納得するところもある。

『それで、アサ乃の相手は塚平紘市で間違いないんだよな』

『はい。その方と結婚していただかなければ、一族の悲願は達成できないのです』

『一族か……』

死してなお、一族の付き合いというのはあった。

忠司も、死んだ祖父母や親族の姿を目にしてきたのだ。

すでに死んでいた家族はみんな、餓鬼に取り憑かれ、悶え苦しみながらも、死後の裁きで下された判決をこなしていた。

忠司も他人事ではない。だから、急がねば。

平兵衛は、真面目な顔つきのまま話し続ける。

『塚平紘市殿は、私がお仕えしたお屋形様の嫡子である若君の生まれ変わりです。家臣の塚平たちが逃げた先で、養子として素性を隠し、育てられました。魂の縁ある者は、何代も親子であったり、伴侶であったりを繰り返すものと理解していただきたい。今回の縁で、実に四百年ぶりに……母子であったお二人は、この度は伴侶となる運命となり、共に人生を歩まれるのです』

『一族の悲願ってのがなにか知ったこっちゃねぇが……アサ乃と塚平紘市が一緒にならなきゃ始まんねぇってことだな。早速、二人が結婚できるように後押ししてくるよ』

かたじけない、と平兵衛はまた頭を垂れる。

『それで、アンタはどうするんだい？』

『私は、ただひたすらに……奥方様の傍で』

俯いた平兵衛は静かに告げると、そのまま乳白色の中に溶け込んでいった。

アサ乃は仕方なしに見合いをしてから一度くらいはデートへ行くことはあったけれど、二度目はない。なぜなら、仲人に断りを告げてしまうから。

アサ乃が二度目のデートをすることは異例の事態。初めてのことだった。

十一月の小春日和で、紘市がハンドルを握る車内は暖かい。

鳥取県日野郡日南町にある石霞渓《せっかけい》まで紅葉を見に、今は紘市とドライブをしている最中だ。

アサ乃は車の振動が心地よく、いつの間にかまどろみ、耳はラジオの音を聞いているのに、意識は別の世界へ入り込んでしまっていた。

このまま眠りに落ちてしまうのがもったいないくらいだ。

『アサ乃よぅ』

久し振りに聞いた呼びかけ方。この呼びかけをするのは、一人しかいない。

（お父さん……？）

問いかけると、一気に意識が引き込まれていく。目の前に広がるのは、一面が乳白色の世界。そこでアサ乃は、懐かしい立ち姿を視界にとらえた。

「こんなところで、なにしてるの？　お父さん」

『お前を待ってたんだよ』

父である忠司は、生前と変わらぬ笑みを浮かべている。

『結婚おめでとう』

「え？」

なんで、父はそんなことを言うのだろう。まだ、結婚を決意したわけではないのに。

真偽を確かめようと、アサ乃は口を開こうとした。

言葉が声になるよりも先に、乳白色の世界が消えていく。

乳白色に溶けて消えていく父に手を伸ばし、アサ乃は叫んだ。

「待って！　まだ、ここに居させて……せっかく、お父さんに会えたのに！」

遠ざかる意識を逆回しするように、アサ乃の意識は鮮明になっていく。

揺すられる感覚に、閉じていた目蓋を持ち上げた。

「アサ乃さん。到着しましたよ」

紘市の声を認識し、まどろんでいた意識が一気に覚醒する。

（ヤバい、寝てた！）

車酔い予防のために酔い止めの薬を飲んでいたから、それも眠りに落ちる助けになっていたかもしれない。とはいえ、眠ってしまうとは迂闊だった。

「ごめんなさい。私……」

「気にしないでください。道のりも長いですから、仕方ないですよ」

紘市は笑っているが、胸の内では気分を害しているのではないかと心配だ。

それよりなにより、寝てしまった自分自身に一番驚いている。

以前、違う見合い相手と車に乗ったときは息が詰まりそうで、不意に恐怖を覚えてしまった。なにより、二人っきりの車内が怖かった。車は、動く密室だと認識してしまったのだ。

ここでなにか起きても、助けを呼べない。そう感じてしまったのだ。

それなのに、今日は寝てしまった。動く密室だと思ってしまった車の中で、まるで家族とドライブをしているときのように眠ってしまった。

なんたる不覚、とも思うが、潜在意識ではリラックスしていたということなのだろうか。

今日の車内は、怖くない。むしろ、気兼ねがない。安心できる。

見合いの日に出会ってから、紘市と顔を合わせたのは今日で三度目なのに、一緒に居るのが嫌じゃない。

目覚める前に、一瞬だけ見た夢の内容を思い出す。

一年前に亡くなった父が出てきた。しかも、結婚おめでとうと言ったのだ。

これは、なにかの暗示だろうか。いや、暗示だと思ってしまう。

もしかしたら父は、紘市をアサ乃の伴侶としたがっているのかもしれない。不確かで、なんの確証もないのだけれど、そんな気がしてならない。

思い返せば、紘市と見合いをしたとき……その日だけ、紘市の顔が父の顔に見えた。もしかしなくても父は、亡くなってからもなお、アサ乃のために動いてくれているのだろう。嬉しい反面、申し訳ないという感情にさいなまれる。死んでからも、父に、まだ心配をかけてしまっているのだと。

（お父さんは……この人と結婚してほしいってことで、いいんだよね）

アサ乃は、車の外に出て大きく伸びをしている紘市の背中を眺める。

（私は、この人と夫婦をやっていけるかしら）

夫婦になるということは、まったく違う環境と価値観で育ってきた二人が身内になるということ。生活習慣からなにもかも違う相手と、ひとつ屋根の下で暮らしていくことになる。

どんなサイクルで生活してきたのだろう。料理は、どちらの味覚に合わせていけばいいのかしら。お金の管理は、どちらがするのだろう。話し合わなければならない内容は、たくさんある。

結婚相手は、一番気を使わなければならない身内だという人もいるくらい、紙一枚でどうにでもなってしまう関係だ。

（この人と、長年連れ添っていけるかしら。夫婦という関係を……結婚してから待ち受けているであろう苦難を……一緒に乗り越えていけるかな）

わからない。わからないけれど、決めることにしよう。

（この人に）

アサ乃は、父に背中を押されたような気持ちになる。

「や～！　アサ乃さん、見てください。凄く綺麗ですよ」

感嘆の声を上げる紘市に、物思いにふけっていたアサ乃も車窓から外の景色を見た。

たしかに、昭和八年に景勝地の指定を受けた場所なだけある。

「車で一時間。紅葉が綺麗な場所に行けるという立地は、とても贅沢ですね」

紘市は助手席側に回ると、ドアを開けてくれた。

どうぞ、と言いながら、手を差し伸べられる。

「ありがとう……ございます」

慣れない扱いに戸惑いながら、アサ乃は紘市の手に自らの手を重ね、助手席から降りる。

眼前には、まるで錦の織物のような美しいグラデーションが、どこまでも広がっていた。

六

寛廉は、柄にもなく少しソワソワしていた。

昼を過ぎたあたりから、本堂と庫裏を行ったり来たりしている。

時計を見れば、あと十分ほどで紘市と約束した時間。

今日は、紘市が田中アサ乃を連れて来るという。

六度の見合いを経験した男が、いよいよ結婚の意志を固めたらしい。

「若造が、大きくなったもんだ」

紘市は、御開山である初代住職の頃から寺に縁がある子供だった。

途中で足が遠のきはしたものの、専門学校に通うため都会に出て、社会人となり地元に帰ってきてからは水行をするまでの信者となった。

信仰心もあり、素直で一途な紘市が、自分の子供のように可愛いと思う。副住職となっている実の息子と年齢が近いということもあり、小さい頃は寺で一緒に遊んでいた。自分の息子と共に成長を見守ってきたのだから、結婚相手を連れて来るとなると、親のような心境にもなってしまうというものだ。

アサ乃の父である忠司を拝んでから、三か月の月日が経過している。その間に、忠司は霊界から上手く事を運んだようだ。

寛廉は庫裏に戻ると、カップにひと口だけ残っていたコーヒーを口にした。冷めてしまった茶色い液体は香りが飛んでしまい、苦いだけになっている。少しもったいないことをしたと、残念に思いながらカップをテーブルに戻した。

タイミングよく、本堂に設置している来客を知らせるセンサーが作動する。続いて「こんにちは～」という、聞き慣れた紘市の声。「失礼します」と、聞き慣れない女の声も続いた。

アサ乃の声は、緊張に固くなっている。緊張に固くなっているのは、寛廉も同じだ。

「さあ、行くとしよう」

田中忠司が、拝んでくれたなら結婚させてやると強気に出て、塚平紘市が結婚を決意した女性――田中アサ乃とは、どんな娘だろう。

壁に掛けてある鏡で、白衣の衿が着崩れていないか確認する。

白い足袋に白い着物に白い帯。全身が白に包まれている。

身に着ける装束や小物のすべてが、得度した上人としての鎧だった。

寛廉は百八つの菩提樹と瑠璃の球が連なる数珠を手に取り、二重にして右手に持つ。

鎧の下に緊張をひた隠し、襖を開けると、本堂に足を向けた。

アサ乃の心臓は、バクバクだった。

剣道の試合に出ているときよりも、就職の面接試験のときよりも緊張している。

紘市に連れてこられた寺は、アサ乃が通っていた中学校のすぐ近く。しかも、部活のランニングで走っていたコースに位置していた。

赤い鳥居も赤い幟も、まったく記憶にない。完全に風景の一部と化していたのだと思う。

「それじゃ、行こうか」

紘市に促され、少し急な石段を上る。

赤い鳥居に寺という、ミスマッチな建造物の組み合わせに違和感を覚えずにいられない。

少し前を行く紘市の背中に目を向けた。

見合いをしてから、紘市と会うのは、これで何度目になるだろう。

初めて顔を合わせた日。紘市の顔は死んだ父に見えた。世の中には似た人間が三人は居るというけれど、二度目に会ったときには父の顔とは似ても似つかなかったのだ。

父がこの人と結婚するようにというメッセージとして、自分の顔をアサ乃と母に見せたのだろう。そのことがなければ、紘市のことを気に留めることはなかったかもしれない。

紘市との縁談は、見合いのときに釣書を見なかったことに始まり、アサ乃にしてみれば異例づくし。見合いをした相手に、嫌じゃないという感情を抱いたのは、紘市が初めてだった。

石霞渓に紅葉を見に行き、もう一度デートをしたあと、兄から紘市についてどう思っているか問い質されたことを思い出す。お前がなにも言わなければ、仲人に返事のしようがないと。

胸の内は、すでに決まっていた。

仲人にした返事は、進めてください、だ。

それからは、目まぐるしく環境が変化していった。そのあとも数回のデートを重ね、三か月のうちに結婚が決まってしまったのだ。

何年も見合いをしてきたのに、決まるときはあっという間で、拍子抜けもしている。

縁があるとは、こういうことを言うのだろう。

しかし、紘市の祖母の代から信者であるという恩稔寺の住職から結婚の許可を貰えなければ、すべてが白紙に戻るらしい。

それだけの影響力がある人物に会うのだから、緊張もひとしおだ。

石段を上りきり、少し開けた場所が境内だった。それほど広くなく、納骨堂と石塔、水子観音像が立っている。ここも札打ちの札場になっているようで、白い札と赤い札が貼られた地蔵菩薩が数体並んでいた。

玄関に足を踏み入れると、電子音が鳴る。靴を揃えて上がると、御宝前に整然と並ぶ御本尊を始めとした数体の仏像が出迎えてくれた。御宝前には仏像の他にも、厨子や蓮台、燭台や高坏が配置され、天井付近には立派な木彫りの龍が安置されている。

本堂はさほど広くなく、こぢんまりとした道場といった感じがする。どことなく、時代劇で見た寺子屋の雰囲気に似ていた。

天井には〈天〉と書かれた四角い紙が中央にあり、そこから紐が四方八方に伸びて、いくつもの幣がぶら下がっている。その真下には、線香を立てて手を合わせるための経机。受付は入り口近くに設けられていた。

「こんにちは～」

紘市が挨拶をしながら中に入る。アサ乃も、失礼しますと声をかけて紘市に続いた。

ガタリと音を立てて戸が開く。

白い足袋に白い着物。少しだけ白髪の混じった黒い短髪の、細身の女性が立っていた。

歳の頃は、アサ乃の母と同じくらいかもしれない。

白ずくめの女性は、初めまして、と薄く微笑んだ。

寛廉は本堂に足を踏み入れ、出入口の前に並んで立つ若い二人に向けて笑みを浮かべた。

相変わらず人が好さそうな顔をしている紘市と、緊張が顔面に張りついている田中アサ乃。

(うん、似合いの二人じゃないか)

職業柄、結婚相手との相性を見てほしいと相談を受けることがよくある。

ほぼ百パーセントの確率で、名前や生年月日を聞かなくても、直接顔を見ればすぐにわかるものなのだ。二人して連れ立って来たとき、相性が悪い同士だと、顔を見た瞬間にダメだとわかる。

寛廉が上座に座ると、紘市とアサ乃は二人並んで、寛廉と向かい合うように正座した。

紘市は緊張した面持ちで、寛廉に告げる。

「お上人。僕は、こちらの田中アサ乃さんと結婚することに決めました」

「そうか」

寛廉は、アサ乃に目を向けた。

シュッとした切れ長の吊り目に、緩やかな弧を描く眉毛。筋の通った鼻に、柔らかそうな唇。細い顎。

　寛廉の目には、今のアサ乃と前世のアサ乃が重なって見えていた。

（前世と、同じ顔をしている）

　アサ乃の前世は、戦国時代の姫君だ。

　凛とした雰囲気に、芯が一本通っているような佇まい。美しいけれど、どこか冷たい印象を受ける。

『冷たく見えますが、とても心優しい奥方様でございます』

　男の声に意識を向けると、あたり一面が乳白色の世界になった。

　長い髪を後ろの高い位置で一つに括った青年が立っている。

『寛廉上人。なにとぞ、紘市殿とアサ乃様の結婚をお許しください』

「貴方は？」

　青年は『河上平兵衛と申します』と頭を下げ、『アサ乃様の前世である……尼子一族の奥方様とお屋形様に仕えていた家臣にございます』と言った。

「その家臣が、なぜアサ乃さんに？」

『私は陰ながら、ずっとお護りしているのです』

　守護霊、ということなのだろう。

　寛廉は平兵衛に意識を集中した。

水がドッと押し寄せるように、平兵衛の記憶が流れ込んでくる。膨大な記憶の量に、頭がパンクしそうだ。

平兵衛の現代に追いついたところで、寛廉はリンクしていた意識を切り離す。

「ずいぶん、壮絶な人生を歩まれたのですね」

寛廉の言葉に、平兵衛は自嘲気味になる。

『自業自得でございます』

「それで、貴方が目指す……最終はどこになるんです？」

問いの意味がわからないのか、平兵衛は戸惑うように視線を泳がせた。

「紘市とアサ乃さんを結婚させることによって、なにか目的が達成されるのでしょう」

『はい。一族が……あの戦で負けた一族の再興が叶います』

「なにをもって、再興と？」

寛廉が重ねた問いに、平兵衛は薄く笑みを浮かべた。

『紘市殿は、前世でお屋形様と奥方様の子であり、若君という立場でございました。お二人共、何度かの転生を繰り返し、やっと巡り会うことができたのです。今世では、夫婦という関係になる運命で』

平兵衛は、続ける。

『こちらの世界に長くいると、この先がわかることがあります。だから、今世で二人が夫婦になることは決定事項だと知っていました。若君と奥方様が揃われたのだから、お家再興を願うのは家臣として当然のこと。やっと、このときが来た。そして、死した我々家臣が望む再興は、十神山城からこの地へ逃げ延びた、お屋形様からなる一族が……成仏することでございます。この時代において、会社を興したり家庭を持つことは、一国一城の主になると同じこと。紘市殿とアサ乃様が結婚して力を合わせ、塚平家にまつわる尼子一族の霊を成仏させてくださることが、今の世でのお家再興と心得ております。一族の成仏が叶えば、やっと無念が晴れ、みんなが救われるのです。ただ、それを邪魔する存在があることも知っています。邪魔が勝てば、予定どおりにならない。そうなると、困る。なので、アサ乃様の父である忠司殿に協力を仰ぎました』

平兵衛は深々と頭を下げた。

『そして、寛廉上人にもお願いしたいのです。なにとぞ、悲願達成にお力添えを』

寛廉は、静かに問いかける。

「それが、貴方が留まる理由ですか？」

『私が留まる理由は、それだけではありません。私個人で言えば、ただひとえに……ただ奥方様を傍でお護りしていきたいということだけでございます』

（それが、この青年にとって一番の未練）

成仏とは、この世の未練から解放され、次に向けて歩き始めることとも言える。

おそらく彼は、どんなに説き伏せても、自らが成仏する道を歩む気はないだろう。

自分だけは奥方の生まれ変わりであるアサ乃の傍に留まり、齢を重ねてアサ乃が死したのちには、また新たに生まれ変わった人間の守護霊として傍に居ることを望んでいる。

（一歩間違えれば、恐ろしい存在となる）

ただ、平兵衛は純粋なのだろう。執着はしているが、それが悪いほうに働かないよう、自ら心得て調整しているようだ。

（よほど、姫が大事なんだな）

寛廉は、平兵衛の意思を汲むことにした。

「貴方の言い分は、心得ました。できる範囲で、二人の結婚を後押ししましょう。そののち、先祖代々を供養していくのかは、また折を見て紘市と相談です」

平兵衛は寛廉の答えを聞き、安堵の笑みを浮かべる。

『ありがとうございます！　なにとぞ、宜しくお願い致します』

平兵衛が深く頭を下げると、乳白色の世界が遠ざかっていく。寛廉の見ている世界は、見慣れた恩梌寺の本堂の中。そして、不安そうな表情で寛廉を見つめている若い二人の男女。

アサ乃の背後には、いまだ奥方だった頃の姿が見える。

「なるほど。品のある人だ」

ポツリと呟くと、アサ乃は脈絡のない寛廉の言葉に怪訝な表情を浮かべた。しかしすぐさま畳に手を突き、スッと頭を垂れる。

「田中アサ乃です。これから、宜しくお願い致します」

平兵衛だけでなく、忠司からも上手く運んでくれと頼まれているこの縁談。

（頑固ではあるが、素直な子のようだ。きっと、信頼を置く相手からの言ならば、右を向けと言われたらずっと右を向いているような子だろう）

寛廉は笑みを浮かべ、はい、と承る。

「こちらこそ、宜しくお願いしますね」

寛廉の言葉を聞き、紘市はずいと身を乗り出す。

「と、言うことは……お上人」

寛廉は頷く。

「二人で協力して、家庭を築いていきなさい」

「はい！　ありがとうございます」

紘市は、嬉しそうに満面の笑みを浮かべている。そしてアサ乃も、ホッと安堵の息を漏らしていた。

七

盆と正月には、亡き父の弟妹たち――アサ乃にとっての叔父・叔母たちが一堂に会する。

勘当されていた父の二番目の弟も、勘当を言い渡したアサ乃の祖父が亡くなっているため、また家の敷居をまたぐことができるようになっていた。全員で酒を飲み、用意した料理を食べる。酒が進むと自然と声が大きくなり、誰が一番面白い話をするかを競い合うようになるのだ。一生懸命に声を張り上げて話すものの、酔っ払いたちは誰も他人の話を聞いていない。それぞれに好き勝手な話題が同時進行している。それなのに、会話が成立している不思議。

六人の叔父と二人の叔母にとって、本日のお題となっているのは、今年の一月半ばに結婚式を挙げるアサ乃についてだった。

正月も三日目となれば、少しは騒ぎが落ち着くだろうと我慢していたけれど、沈静化する兆しが見えない。朝から酒を飲んでいる面々から、婿を呼べと再三再四言われ、アサ乃はついに重い腰を上げることにした。

手にする黒電話の受話器から、紘市の声がする。

《今から、田中の家に？》

「はい。正月の三日に、本当に申し訳ないんですけど……叔父や叔母がうるさくて」

《式の前に挨拶させてもらうのに、ちょうどいいよ。けど、困ったことが》

「困ったこと？」

しばしの沈黙のあと、紘市は申し訳なさそうに、酒を飲んでしまって……と告げた。

「ああ、そんなこと。それなら、迎えに行きますよ」

《いやいや、お義母さんの手伝いもあるだろうし、バスか歩きで行くよ。そしたら、酔いも少しは覚めるだろうから》

紘市の家からアサ乃の家まで、車で約十五分。歩けば、おおよそ四十分弱の距離だろうか。同じ市内だから、遠すぎるという場所ではない。

酔いも覚めるというらしいから、紘市の申し出を素直に受け入れることにした。

「ありがとうございます。それでは、お待ちしています」

電話を切って、叔父と叔母が宴会をしている客間に戻ろうと居間を横切る。コタツに入っている祖母の前を通ると、背中を丸める祖母の泣き声が耳に届いた。

紘市との結婚が決まってから、アサ乃の姿を見るたびに祖母は泣くのだ。

「もう、ばあちゃん。正月の間くらい、泣かなくてもいいじゃない」

「泣きたくもなるわ。なんで可愛いアサ乃を借金まみれの男に嫁がせなければならんのだ」

「借金まみれって……車と建てた家のローンを自分で払っているだけじゃないのよ」

「普通、次男が分家するって言ったら、本家が家を建ててやるもんだわ！　ウチだって、そうして分家の家を近所に建ててやったんだ。ホントに、お前は……可愛いアサ乃に、お金の苦労をさせたくないって気持ちがわからないのかい」

祖母は、また涙を流す。

「なんで、お前は私が結婚しろと言う人間と結婚を決めんのだ。今回のとは、相性が悪くなかったのか！」

「紘市さんとの相性は大吉だったよ。なんの申し分もないくらいに。お寺のお上人さんからも、お許しをいただいたんだから」

このやり取りを何度繰り返していることだろう。

祖母は、紘市の一つ前に見合いをした相手のほうを気に入っている。その相手とは、アサ乃が車は動く密室であると感じて恐怖心を抱いてしまった男性だ。

祖母の場合、人間性がいいとかではなく、借家を持っているだの田んぼや畑をたくさん持っているという条件のみでの判断である。

塚平の家も、借家や田畑を持っている。けれど、紘市は次男。それらは、実家である本家のものとなる。紘市には、分けてもらった土地に自分で建てた家しかない。だから、祖母は借金まみれという言い方をしたのだ。

「私は塚平の家というより、紘市さんと結婚するの。紘市さんがいい人なんだから、それでいいじゃない。ばあちゃんの望み通り見合いで結婚するんだから、ゴタゴタ言わないでちょうだい」

祖母の返答を聞く気になれず、さっさと居間をあとにする。

背後では、これでは見合いをさせた意味がない！　と泣く祖母の声がした。


紘市が田中の家に到着したのは、午後三時を過ぎたくらいだった。

顔色は通常で、傍目からは酔っているとはわからない。少し酒臭いくらいだ。酒を飲んでいないアサ乃にはわかる程度だが、朝から酒を飲んでいる叔父や叔母にはわからないレベルだろう。

「紘市さん、わざわざすみません。ありがとうございます」

「いえ、遅くなってしまって」

紘市は脱いだ靴を揃え、ペコリと頭を下げた。

「大丈夫です。叔父も叔母も、ずっと酒を飲んでいるので、時間が経っているのもわからないんじゃないでしょうか」

素っ気なく言うと、紘市は苦笑いを浮かべた。

大声で話し笑う面々に疲れているアサ乃にしてみれば、言い方も素っ気なくなるというものだ。この三が日で、酒瓶とビール瓶と缶ビールが何本消費されたかわからない。

「覚悟してくださいね。かなりウザったいですから」

念押しすると、紘市は「わかりました」と目尻にシワを浮かべる。

アサ乃は、この笑顔が好きだ。気持ちが和み、こちらまで笑顔になれる。

居間を通ると、また祖母の泣く声がし始めた。

「おばあさん、明けましておめでとうございます。本年も宜しくお願い申し上げます」

紘市がわざわざ正座をして挨拶しても、祖母は泣くことをやめない。

「ちょっと、ばあちゃん。紘市さんが挨拶してるんだから、泣いてないで挨拶くらいちゃんと返しなよ」

語気を強めると、祖母はさらに泣く。

「私はアサ乃の連れ合いに、アンタを認めない！」

「ばあちゃん、失礼なこと言わないで！　もう、紘市さん行きましょう」

アサ乃が促すと、苦笑いした紘市は立ち上がり、祖母に「お邪魔します」と会釈する。

祖母は紘市に取り合わず、コタツ布団に顔を埋めた。

廊下を歩くと、紘市が小声で話しかけてくる。

「前に挨拶したときも思ったんだけど……僕、おばあさんに嫌われてるよね」

「気にしなくていいです。祖母は、自分の理想とする家の男性と私が結婚しないのが気に入らないんです。紘市さんが嫌いなのではなく、私が紘市さんを選んだから、とばっちりを受けているだけ。そのうち収まります」

だといいなぁ……と、紘市は肩を落とす。

結婚相手の祖母から、あのような言葉を吐かれては、心が傷つくというものだ。

アサ乃は、祖母の態度に腹が立って仕方ない。叔父や叔母たちが祖母と同じ反応をするとは思えないけれど、少し気が立ってしまう。

「紘市さん、明けましておめでとうございます」

「お義母さん、明けましておめでとうございます。お邪魔します」

客間に入ろうとしたところに、母がコップと皿を乗せたお盆を持って出てきた。紘市が新年の挨拶をすると、母は困ったように眉根を寄せる。

「ごめんなさいね、呼び立てちゃって。塚平の家にも、お客さんがあるでしょうに」

「大丈夫ですよ。今日は、ゆっくり身内だけでダラダラしているようなもんですから」

「そう？　なら、いいんだけど。どうぞ、ウチでもゆっくりしていってね。騒がしいけど」

「ホント騒がしいけど……」

アサ乃が重ねて言うと、紘市は笑う。

母は台所に向かい、アサ乃は襖に手をかけた。相変わらず襖の向こうでは、騒ぎ声と笑い声がやまない。

「紘市さん、心の準備はいい？」

「オッケーです」

二人は頷き合い、重たい襖を開けた。

「おぅ、来たな。婿よー！」

第一声を挙げたのは、誰か。判断がつかないくらい、いくつもの声が重なっていた。

「紘市さん、こっち！　こっちに座って」

酒を飲んで顔を赤くしている兄が、自身の隣に空間を作る。紘市は「失礼します」と、叔父や叔母の間を縫って進み、兄の隣に腰を下ろした。

「初めまして。塚平紘市です。明けましておめでとうございます。宜しくお願い致します」

紘市が挨拶をすると、酒瓶とコップを持った叔父たちが群がるように押しかけた。

「おぅ、宜しくなぁ」

「アンタも物好きだな」

「アサ乃みたいな身長の高い女でよかったのか？」

「酒は飲める口かい？」

口々に、我先にと話しかけている。圧倒されたように、紘市は少し仰け反っていた。

「ちょーっと、ちょっと！　そんな一気に話しかけても、聖徳太子じゃないんだから聞き分けられないよ。一人ずつ、順番に。な？」

兄が声を張り上げ、叔父たちを制する。

それもそうかと、束の間、叔父たちが静かになった。

兄は紘市の肩に腕を回し、紘市の手にコップを持たせる。

「さあ。この人こそ、あの面倒臭いアサ乃が見初めた男だよ！」

「改めまして……これから、宜しくお願い致します」

おうおうと、また口々に叔父たちも話し始めた。

紘市は叔父たちに応じながら、笑顔で会話を続けている。叔父たちの勢いに圧倒されて尻込みするかと思いきや、一瞬で場に馴染んでしまったように見えた。

「アサ乃～。あれが、お前の選んだ男か」

襖を閉めて、その場に立ったままだったアサ乃に、叔母たちが話しかけてきた。

「そうだよ。私が選んだ紘市さん」

「アンタたちは、どんな夫婦になっていくんだろうね」

「旦那と上手くやってくのは当然だけど、舅さんや姑さんとも上手くやってくんだよ」

田中の家から嫁いでいった叔母たちは、母と同様、アサ乃にとって嫁という立場の先輩だ。教えは、素直に受け取ろう。

「お母さんから、義理のお母さんがホントのお母さんと思って接しなさいって、こないだ教えられた」

「そうだね。その心構えは大事ね」

そうは言うけどね……と、叔母たちは各家の姑さんについて話し始めた。愚痴や小言を右から左へと聞き流し、紘市の様子を確認する。

紘市が手にするコップは、酒の量が半分くらい。きっとあれには、溢れるくらいたっぷりと酒が注がれていたことだろう。

「まあ、なによりだ。紘市さん、一つだけ言わせてくれ」

紘市のコップに酒を注ぎ足し、兄が真剣な顔つきになる。

なにを言われるのか、アサ乃は少し冷や冷やした。

「あのな、もう返品不可だ！　要らんって言っても、受け取らないから覚悟するんだぞ」

兄の宣告に、叔父たちがドッと笑う。

紘市も「わかりました」と返事をして、一緒になって笑っている。どうやら、兄や叔父たちと、紘市はこれからも上手くやってくれそうだ。

アサ乃も、紘市の家族や親族と上手く付き合っていかなければ……。

結婚は当人同士ではなく、家と家でするものだという言葉が、ズシリと両肩に重くのしかかる。

結婚式と入籍まで、あと十日。

アサ乃の左手の薬指には、紘市からもらった婚約指輪が輝いていた。


忠司の眼前に広がる乳白色の世界は、いつもの様相と異なっている。

今日は、一月十三日。

人間界では、アサ乃と紘市の結婚披露宴が催される日だ。

霊界でも、田中家と塚平家の親族が一堂に会し、宴の席が設けられていた。大広間のような場所に、いくつもの膳が並べてある。

全員で料理を食し、酒を酌み交わし、賑やかに踊り歌う。生きた時代も性別も服装もバラバラの人たちが、ごった返している、という表現のほうが適切かもしれない。

忠司にしてみれば、知った顔よりも知らない顔のほうが多かった。

アサ乃と紘市の婚姻が、死後何十年、何百年と経過している霊界の田中家と塚平家の先祖たちにまで影響をもたらしている。

人間界の縁組で、霊界でまでも宴の席が設けられるとは、夢にも思わなかった。ばあさんが、結婚とは家同士の縁組だと言っていたけれど、あの言葉は嘘ではなかったみたいだ。

今の時代は当人同士がよければ結婚したらいいという風潮になってきているけれど、時代を超えて集う先祖たちを目にし、続いてきた命のバトンの重みを実感した。

(死んでからも親戚が増えるとは、思わねぇよな……普通)

忠司は向かい側に座る塚平家の人から長い箸で食事を口に運んでもらう。忠司も、自分が手にする長い箸で尾頭付きの鯛の身をほぐし、食べさせてくれた人の口へ運んだ。

この宴に用意されている箸は、自分だけだと箸先で摘まんだ物が自分の口に運べないくらい長い。誰かと協力しないと、食事ができない仕組みになっていた。

『わざわざこんな箸を使わなくても、サイズが合った箸を使えばいいのにね』

食べさせ合っている相手に話しかければ、これも霊界の宴ならではだよ、と答えが返ってくる。

『霊界の宴ならでは?』

『ほら、死後の裁きで、みんな行く場所が違うでしょ?　あちらのほうを見てごらんよ』

　示されたほうを向くと、明らかに険悪な雰囲気の場所がある。

　こんな箸では料理が食べられないと喚き、近くの席に座る者と争い、互いを罵り合っている者たち。その姿は、腹がプックリと膨れ上がっている餓鬼だった。

『あそこに居るのは、餓鬼界に落ちた連中さ。我欲が深いから、互いに食べさせ合うってことに頭が働かない。可哀想なやつらだよ』

『なるほど。どんな席順なのかと思っていたが、死後に下った裁きごとに分かれてるんだな』

『そういうこと』

　閻魔大王を始めとする十王が裁きを下すこの世界では、生前の行いによって六つの世界のどれに生まれ変わるか振り分けられる。

　六つの世界とは、天界、人間界、修羅界、畜生界、餓鬼界、地獄界だ。

　あの場で争っているのは、死後の裁きで餓鬼界に転生が決まっている者たちなのだろう。

　死んだ直後にまとわり憑かれた飢餓感を思い出し、鳥肌が立つ。

（あの世界には、行きたくないな……）

　忠司はお猪口で酒を飲みながら、キョロキョロと周囲を見渡す。

やはり、知った顔は見つからない。みんな違う世界に振り分けられてしまったのだろうかという疑念もあるが、ただ単に、一緒に飲んでいる人たちの生きていた時代が入り乱れているだけの可能性もある。

和装は日本の民族衣装というが、時代によって着物の材質や色使いが違い、着方にもこだわりに違いがあるみたいだ。

『俺は昭和って時代を生きてたんだが、貴方はなんて元号の時代を生きた人ですか?』

『元禄だよ。知ってるかい?』

元禄と言えば、忠臣蔵が有名だ。忠義の代名詞とも言える。

忠義と言えば、思い浮かぶのは平兵衛の顔。尼子と毛利の戦が起きてから約四百年経った今でも、奥方様の魂を護り続けている。

(あの人が成仏する日なんてのは、来るのかな……)

忠司は首を長くして周囲を見渡し、戦国時代を生きた先祖たちを探す。しかし、見た目で生きた時代が簡単にわかる人ばかりではない。

平兵衛の当時を知っている人間に話を聞けば、平兵衛を成仏させる手がかりのようなものが掴めないかと思ったけれど、簡単にはいかないみたいだ。

(まぁ、惚れた女を護りたい一心なんだろうな……)

コクリと酒が喉を通ると、長い箸先に摘まれたイカの塩辛が口の先にやってくる。

礼を言ってパクリと口に入れると、生前と変わらない生臭くコクのある香りが鼻腔を抜けていく。

（あぁ、旨い）

もう一度お猪口を酒で満たし、頭上に掲げた。

『アサ乃、結婚おめでとう』

愛娘に祝いを告げ、お猪口を傾ける。

（これで、やっと少し肩の荷が下りた）

込み上げてくる嬉しさと、同じくらいの寂しさ。

親ってのは、死んでも子供が可愛くてしかたがないもんなんだよな……と、ほんの少しだけ背中を丸くした。

八

平兵衛は、塚平家の檀那寺の門を見上げた。

門の上部には、木に彫刻され、金色に装飾された法蔵寺という文字が輝いている。

『懐かしや』

富田城が聳えた月山の近く、法蔵山という山があった。そこを思って名付けられたのかと、都合のいい憶測と解釈をしてしまう。

現在、寺町となっているこの場所は、中海である米子港のすぐ近くに在る。中の海を渡って逃げ延びたお屋形様たちが降り立った地は、ここからまだ少し離れた場所だった。

――盆と正月くらいは、顔を合わせよう。

そう言って、各地に散らばっていった一族たち。代を重ね、時を重ね、お屋形様の言葉は今に続いている。繫がっていたのだ。

なんと嬉しいことだろう。

一族の末裔が、残った血が、集まれる場所が存在している。また会おうという約束が、今でも果たされているのだ。

『お屋形様、嬉しゅうございますな』

昭和という時代を目にすることができた幸運、とでも言おうか。あのとき、舟に乗ってこの地へ逃げ延びた者たちに見せてやりたい光景だ。

みんなの頑張りは、無駄ではなかったと伝えてやりたい。

熱いものが込み上げ、平兵衛の目尻に少しだけ涙が滲んだ。

『感慨に耽ってばかりもおられぬわ』

自嘲して、寺の中に入って行くアサ乃のあとに続く。

アサ乃の守護霊として仕えるべく、常に護衛のように護ろうと心に決めている。だから今も、結婚して姓が塚平に変わったアサ乃の近くに居るのだ。

「アサ乃さん、ここに名前を書くのよ」

義母に教えられながら、アサ乃は御布施に砂糖二キロと、義父の名前、住所を筆ペンで記している。

季節は春。明日が彼岸の入りだった。

七日間ある彼岸の期間は、生きている人間が住む此岸と、死した人間が住む彼岸が近づくときだと言われている。

迷いを断ち切り、極楽浄土へ渡れるようにと各寺で法事が開かれるが、平兵衛にとっては無縁の行事。唱えられる経も題目も念仏も、平兵衛という存在のためだけには上がらない。

けれど、逃げ延びた者たちの子孫が施主となり法事を行えば、その者たちには経が届く。

誰も拝んでくれる者が居ない平兵衛には、成仏などありえない。そもそも、成仏などする気もなかった。

成仏は、身に余る幸福だ。許されるものではない。

平兵衛が物思いに耽っている間にアサ乃は筆ペンを置き、買い物袋に入っている包装紙に熨斗紙を付けた砂糖二キロと、開山堂に活ける花と渋木を手にする。

義母のあとに続き、本尊に線香を立てて手を合わせてから、開山堂に続く少し急な階段を上った。

「商店街周辺の街の人たちは二階でね、ウチみたいに浜が近いほうは三階なの。階段が少し急だけど、足元に気を付けてね」

「わかりました。けっこう、足に負担がきますね」

「ふふっ、若いんだから頑張って」

義母は笑いながら、先に階段を上って行く。アサ乃は階段を踏み外さないよう、手すりを摑んで慎重に上って行った。

平兵衛もあとに続き、滑るように階段を上る。

階段を上りきると、整然と並ぶ位牌と献花が目に飛び込んできた。

アサ乃は塚平家の位牌が置かれている場所に案内され、二キロの砂糖を供える。そして、空の花瓶を手にした。

「お義母さん。向こうの流しで、花を活けてきますね」

「宜しく頼むわ」

階段を登ってすぐの場所に設けられているテーブルと、学校の手洗い場のような水道の蛇口が等間隔で設置されているスペース。開山堂に花を供える人たちは、ここで花や渋木の長さを切り揃えて花瓶に水を入れるようになっていた。

アサ乃はテーブルの上に新聞紙で包まれていた花と渋木を広げ、長さを切り揃えると、花とのバランスを考えながら活けていく。

「こんなもんかな」

青磁の花瓶に、渋木と菊のバランスは悪くない。

三か月ほど、カルチャースクールで生け花を習った経験が生きていることに、陰ながら見守っていた平兵衛は嬉しくなった。

『習い事の成果があって、なによりでございます』

話しかけても、アサ乃からの返事は、ない。

少し寂しくはあるが、これでいい。アサ乃は平兵衛という存在を知らぬままでいいのだ。

花を活けた花瓶を持って塚平家の位牌が置いてある場所へ戻ると、義母が線香を手にしてアサ乃を待っていた。

アサ乃が花瓶を元の位置に戻すと、義母は線香立てに火を点けた線香を立てる。

「塚平家の先祖さん。成仏してくださいね」

合掌して目を閉じる義母に倣い、アサ乃も両手を合わせて目を閉じた。

平兵衛の目には、線香の煙を食事のように楽しんでいる塚平家の先祖たちの姿が見える。

その先祖たちの中に、懐かしい人物を見つけた。

生前と変わらず、豪快に食事をしている同僚の姿。

話しかけようか、このまま見届けようか。姿を隠して、存在を覚られないようにしようか。

判断に迷うけれど、どこにも隠れる場所はない。

塚平と、目が合った。

『あー！　河上、河上だ。河上平兵衛じゃないか！』

言うが早いか、塚平が一瞬で平兵衛の元へ移動してくる。

喜びが体中から溢れ出て、その姿は、まるで尻尾を振ってはしゃいでいる大型犬のようだ。

『おい、河上！　元気にしていたか？』

『ああ、塚平は……相変わらず元気そうだな』

それが取り柄の一つだ、と塚平は豪快に笑う。

『なんで、こんなところに？　河上は、奥方様に言われて安来の地へ残ったのだろう』

塚平の純粋な問いに、少しだけ古傷が痛くなる。平兵衛は腹に手を当てると、苦笑いを浮かべた。

『俺は、あのあとすぐに腹を割いたのだ』

『は？』

塚平は、ポカンと口を開ける。

『切腹して、奥方様の傍へ跳んで行った……魂で』

『なんと……！』

塚平の顔は歪み、今にも泣き出しそうだ。平兵衛は、なにも言葉をかけることができない。

落ち武者狩りは、それはとても悲惨で壮絶だった。

死してのち、すぐさま姫の元へ飛んで行った平兵衛は、死後の世界から姫とお屋形様を護ることに尽力したのだ。

ほんの一瞬の判断の違い。些細な違いで、落ち武者狩りに遭った者の運命が左右された。姿を隠す茂みの場所が違えば、突き立てられた槍に貫かれたのだ。

死した平兵衛にできたことは、より安全な場所はこちらだと、虫の知らせのように合図を送ることだけ。

勘のいい姫は、平兵衛の合図を無意識にでも受け取ってくれた。そのことが、この上なく嬉しかったことを今でも覚えている。

塚平は、平兵衛の両肩を摑む。

『お主も、一緒に闘ってくれていたのだな』

平兵衛の体の奥底から、ドッと感情が押し寄せてくる。胸が熱い。喉が熱い。目の奥が熱い。口元が、眉が歪む。

たった一言。塚平からかけられた言葉が、苦しいくらい嬉しい。

声を上げて泣きそうになるのを必死で堪える。が、ダメだ。ひとりでに涙が頰を伝う。

止まれと念じても止まらない。拳を握り、声を押し殺した。

『河上……今は、なにをしているのだ?』

『今も、まだ……奥方様の傍に』

『奥方様の?』

塚平の視線がアサ乃に向く。

『と、すると……この嫁が』

『奥方様の生まれ変わられたお姿だ』

塚平は目を閉じて合掌しているアサ乃の周囲をグルリと回り、まじまじと顔を覗き込む。

『ああ、なんと、まさか……こんな日が来ようとは』

興奮しているのか、塚平の声がかすかに震えている。

『生まれ変わられた若君と、生まれ変わられた奥方様が夫婦になろうとはな!』

めでたいと、塚平は上機嫌だ。

『河上、よくぞこの縁を繋いでくれた!　生まれ変わった奥方様と生まれ変わった若君が一緒になられたのだからな。お前は、自分の働きに誇りを持て!』

『いや、俺はなにも……頑張ったのは奥方様の、アサ乃様の父上だ』

『なにを言う!　あと一人、生まれ変わられたお屋形様が戻っておいでになれば、あのときの一族がお揃いになるのだぞ。みんなが揃われれば、悲願のお家再興が叶うやもしれぬ』

塚平は興奮しているようで、頬が上気している。想いが暴走し、とても楽しそうだ。

『ああ、お屋形様の魂は、今どこでなにをしておいでなのだろう』

『わからぬ。俺は、お屋形様の所在を……把握していない』

『だろうな。だが、そのときが来たら、きっとわかるだろう』

塚平は希望を摑むように拳を握る。

『若君と奥方様が揃われたのだから。お屋形様も、きっと……』

『そうだな』

お屋形様の魂は、今どこで、なにをしておられるのだろう。転生を果たされる段になっているだろうか。

この法蔵寺で唱えられる経や祈念は、お屋形様を筆頭とした一族に届く。お屋形様の魂が今どこにあるかわからないが、きっと届いていると信じたい。

自らも死んでいるにもかかわらず、お屋形様の無事を祈らずにはいられなかった。

九

紘市は結婚したその年に勤めていた会社を辞め、自分で事業を始めていた。

個人経営の小さな会社だが、得意先が徐々に増えると人手が必要にもなってくる。

アサ乃は紘市の仕事を手伝うべく、独身時代から勤めていた職場を辞めて、一緒に働くようになっていた。

昨年の夏には娘が生まれ、紗弥《さや》と名付けた。

今は一歳。近頃は走るようなスピードで歩き、身体能力が追いつかずによく転んでいる。まだ言葉がはっきりしなくて、なにを喋っているのか、伝えようとしているのか解読はできないけれど、一生懸命に話しかけてくる姿がとても愛しい。大変なことも多いけれど、日々見せてくれる表情や、できなかったことができるようになる喜びが精神の支えでもあった。

けれど、四六時中子供と一緒だと、さすがに自分一人の時間が欲しくなってくる。

ほんのひとときでいいから、子供に関するプレッシャーから解放されて、リラックスできる時間が欲しかった。

子供は愛しいけれど、自由になりたいという矛盾した感情が、いつも心の中でせめぎ合っている。

子供の寝ている間が、本来の自分に戻れる唯一の時間だ。

「今度、一泊二日でいいから、近場に旅行しない？」

紗弥を寝かしつけて居間に戻ると、紘市から提案を受けた。

「旅行？」

「そう。仕事も少し落ち着いてきたし、アサ乃も息抜きになればと思ってさ」

泊まりがけの旅行なんて、新婚旅行以来だ。

一日だけでも違う土地に行けると想像しただけで心が弾む。

「離乳食さえどうにかすれば、行けるかな……」

「どこか行きたい場所はある？」

「そうね……」

岡山もいいし、神戸もいいな。京都だと一泊二日ではもったいないし、津和野あたりはどうだろう。

行きたい場所の候補が、頭の中にポンポンと浮かんでくる。

「そうだ、月山……」

「がっさん？」

アサ乃が呟くと、紘市が言葉を繰り返した。

「広瀬の月山に行ってみたい」

「いいけど、もっと遠くじゃなくていいの？」

「いいよ。一度、行ってみたかったの」

紘市は難しい顔で腕を組み、しばし考え込む。

「母親に聞いたことがあるんだけど、尼子の直系は頂上まで辿り着けないらしいよ」

「直系ならね。直系じゃなかったら、辿り着けるんじゃない？」

尼子の落ち武者だと言われ続けてきたけれど、アサ乃自身に自覚はなく、確証もない。

言ってみれば、周囲の状況証拠のようなもので固められているだけだ。

直系が辿り着けないというのなら、試してみるのにちょうどいい。

「近くには足立美術館もあるし、鷺の湯温泉もあるわ」

「そうだな……近場は、すぐに行けると思ってなかなか行かないし」

行ってみようか、と、紘市も笑顔で同意してくれた。

紘市が運転する普通自動車の後部座席で、娘の紗弥は眠っている。

足立美術館の広い館内を走って怒られ、泣き疲れてしまったからだろう。車内には紗弥の小さな寝息と、カセットテープに録音した音楽が流れていた。

「着かないね」

「そうだね〜」

紘市とアサ乃も、疲れが顔を覗かせ始めている。

かれこれ、月山の周囲を車で走ること二周目に差しかかっていたのだ。

飯梨川に架かる橋を渡り、月山の麓には辿り着いた。けれど、月山の山頂へ続く登り口がどうしても見つけられない。

「おかしいなぁ……どこにあるんだろう」

紘市は徐行運転をしながら、薄暗くなり始めた周囲に目を凝らしている。アサ乃も助手席から真剣に探しているけれど、木々が鬱蒼と茂る山の麓には、登り口らしき場所が見受けられない。

まるで、意図的に隠されているかのようだ。

「直系は辿り着けないって、本当だったのかしら」

「どうやら、そうみたいだね。また、あの赤い門が見えてきたよ」

富田橋を渡ってすぐ左側に建っている、赤く塗られた寺院の門。赤門を右に見ながら車を走らせると、安来市立歴史資料館の建物が現れる。

いよいよ車は、三周目に差しかかってしまったみたいだ。

紘市は「困ったね〜」と繰り返し呟きながら、車を走らせていく。

曇り空で薄暗く、秋の日はつるべ落とし。道を歩く人影もなく、歴史資料館は閉館時間を迎えていて、尋ねるには足立美術館か鷺の湯温泉にまで戻らなければならない。

アサ乃は車内から山頂を見上げる。

跳び箱に木々がこんもりと生い茂っているような形をしている月山。ここに城があったならば、なんと立派だったことだろう。

「あ、なんか看板がある」

紘市の嬉しそうな声に、アサ乃もそちらに目を向ける。

「山中鹿介生誕の地だって」

「さっきもこの道を通ったのに、まったく気づかなかったね」

細い木の札に、墨で文字が書かれていた。墨は風雨にさらされてわずかに滲んでしまっているが、きちんと読める。

「ちょっと、車を停めて降りてみようか」

後部座席を確認すると、まだ紗弥は夢の中。道路脇に車を停め、紘市とアサ乃は外に出てみることにした。

畑の間に、車が一台通れるくらいの車道が走っている。道は右側に緩くカーブしており、その先は、月山の麓である山の中に続いていた。山肌に走る階段。おそらく、あそこを登って行けば、屋敷跡に辿り着くのだろう。

「どうする？　行ってみる？」

尋ねる紘市に、アサ乃は首を横に振る。

「紗弥が寝てるのに……一人だけ、車に残して行けないよ」

それに、なぜだろう。足が竦む。

進んではいけないと、押さえられているみたいだ。

「もう暗くなるし、車に戻って旅館へ行こう。今日は月山に登ることは諦めて、また明日にしない？」

「アサ乃がいいなら、それでいいけど」

紘市もさほど執着はないらしく、さっさと車に戻るとシートベルトを締める。アサ乃はジッと山肌を走る階段の先を見つめ、踵を返した。

『お待ちください』

『行かないでくださいませ』

『奥方様……』

すがるような声が、アサ乃の後ろ髪を引く。

（きっと、気のせい。空耳だ）

アサ乃が奥方様などと呼ばれる理由がない。誰かと勘違いしている。気にしてはダメだ。

助手席に座り、シートベルトを締めると、急に左目の奥と目蓋のあたりがズキズキと痛み始めた。

車は走り、屋敷跡から遠ざかって行く。

あまりの痛さに、アサ乃は左目を手で覆った。

「紘市さん……ちょっと、私の左目どうなってる？　さっきから痛くて仕方ないの。虫にでも刺されたのかしら」

「ちょっと待って。脇に車を停めるから」

ウインカーを出して車を停め、紘市はアサ乃の顔を覗き込む。左目を押さえていた手を退けると、紘市は驚きの声を上げた。

「なに？　どうした、その目！」

「えっ、どうなってるの？」

バックミラーを自分に向け、目元を映す。

「うわっ、なにこれ！」

アサ乃の左目の目蓋は、まるで矢が刺さったかのように赤く腫れ上がっている。長い髪を下ろしている今の姿だけを見れば、まるで無念を体現した落ち武者のようだ。

「とにかく旅館に急ごう。それで虫刺されの薬を借りられたら、ひとまず塗ってみて……」

アサ乃の声が、慌てて車を走らせようとする紘市を呼び止める。しかし、アサ乃には紘市を呼び止める意思はなかった。

口が、勝手に動いたのだ。

「若君、寺へ。恩棯寺へお急ぎくださいませ」

「なんだよ、その口調……」

戸惑う紘市に弁解したいけれど、また口が勝手に動く。

「若君！　奥方様が、手遅れになってもいいのですか」

アサ乃は、紘市のことを若君などとは呼ばない。ましてや、自分のことを奥方様などと呼ぶはずもなかった。

（私、どうしちゃったの？）

心で思っても、どうにもならない。自分の意思とは関係なく、勝手に動いてしまっている。まるで、操り人形にでもなってしまったかのよう。

（怖い……）

アサ乃を見る紘市は、状況を把握しようと考えを巡らせているようだ。

また口が、勝手に動き出す。

「若君！　迅速な判断を」

紘市は合点がいったのか、思案していた表情から厳しい表情へと変わる。

「さては、アサ乃……憑依されたな」

紘市が口にした憑依という言葉を聞き、アサ乃の意識は徐々に遠退いていく。

「私は、河上平兵衛と申します」

アサ乃の口は、知らない誰かの名を勝手に名乗っていた。


姫には困ったものだと、平兵衛は心の中で悪態を吐いた。

月山に行ってみたいなどと言うものだから、肝が冷えたどころの話ではない。

紘市の母が言った、直系は山頂に辿り着けないというのは、本当なのだ。あえて辿り着けないようにしているのだから。

もし今、紘市とアサ乃が辿り着いてしまったとしたら、悪業の因縁に命を取られてしまいかねない。

あの場は、多くの人間が死に過ぎた。合戦の中心地だったのだ。

万が一にも波長が合ってしまったら、彷徨う障りに取り憑かれて殺されてしまう。

アサ乃の父である忠司が、家の因縁と向けられた怨念に負けて死んでしまったかのように。霊的な要因は、確実に生きている人間に影響を及ぼすのだ。

もし、月山の頂上に登ることができる例外があるとするならば、それは……一家一門の因縁が、少しでも綺麗になったときではないだろうか。

そして、お屋形様の一族、一家一門の因縁を綺麗にすることができるのは、恩倹寺と縁のある紘市とアサ乃をおいて他にない。二人が因縁罪障消滅と供養を祈念すれば、尼子一族全体とまではいかなくとも、お屋形様から始まる一家一門には届くのだ。

『姫、もう少しの辛抱ですぞ』

紘市の運転する車は、県境を越えた。ここから恩倹寺までは、あと少し。

車という乗り物は、馬とは比べ物にならないくらい快適だ。いい時代になった。

平兵衛はアサ乃の様子を確認する。

腫れ上がった左目はそのままに、聞こえてくるのは静かな寝息。

『姫……緊急の事態であったとはいえ、お体を拝借してしまい、申し訳ありませんでした』

声は届かないとわかっていても、謝らずにはいられなかった。

自分の意思とは関係なく勝手に動く体に、恐れの感情を抱かせてしまったかもしれない。

けれど、紘市に事を伝える方法が、他に思い浮かばなかったのだ。

『……なんだ?』

すい、と腹のあたりになにかが通り抜ける違和感。幽体であっても、感覚はある。

視線を向ければ、幼き姫が不思議そうに平兵衛を見上げていた。

『あぁ、今の紗弥様には見えるのですね』

三歳までは、神からの授かり子だと言うらしい。母胎から生まれ出て一年と数か月しか経っていない紗弥の目には、どんな景色が広がっているのだろう。

平兵衛は微笑み、自分を触ろうとする紗弥の手をそっと握ろうとする。

小さな手は平兵衛の大きな手をすり抜け、座席のシートを叩く。触れられないことへの不思議からか、紗弥は何度も手を動かした。

顔の表情だけではなく、行動の一挙手一投足が、なんと愛しく可愛らしいことだろう。

もし、あの戦が起こらず平穏な日々を過ごせていたならば、いつの日か自分もこのような子を授かっていたのだろうか。もしもの未来を想像しても意味のないことだけれど、猫っ可愛がりしていたかもしれない。

『紗弥様……健やかにお育ちくださいませ』

平兵衛は紗弥に言葉をかけ、アサ乃の様子を再度確認する。

アサ乃にまとわりつく障りは、いまだ付きまとう。

やはり、恩稔寺の上人の世話にならねばならぬようだ。

先触れに行きたいが、取り憑かれているアサ乃の傍を離れるわけにはいかなかった。

少しでも離れようものなら、命を奪われてしまいかねない。

『姫、あと少しの辛抱にございます』

早く、早く着け。

平兵衛は障りに睨みを利かせつつ、必死に祈ることしかできなかった。


恩梲寺の駐車場に到着すると、紘市は後部座席を確認した。

寝ていた紗弥は目を覚まし、一人遊びをしている。

「紗弥。先にお母さんを運ぶから、いい子で遊んでてくれよ。すぐに戻ってくるからな」

車内に幼い子供を一人残すことは心配だったけれど、意識のないアサ乃を本堂に運ぶほうを優先させることにした。

月山の麓に在った山中鹿介生誕の地。あの看板に気づかなければ、こんな事態にはならなかったかもしれない。

(月山になんか、行くんじゃなかった)

後悔しても、もう遅い。

アサ乃は、死霊に取り憑かれてしまった。

鷺の湯温泉で電話を借りて、幸いにも寛廉と繋がったことは、陰なる存在の助力があってと思わざるを得ない。諸天善神のお陰だと。

「アサ乃……もう少しだぞ」

助手席のドアを開け、アサ乃のシートベルトを外して横抱きにする。少しよろけてバランスを崩したけれど立て直し、急いで石段を上ると、本堂に灯る明かりが見えた。

靴を脱いで本堂に入ると、白い着物の上に法衣をまとった寛廉が足早に近づいてくる。

険しい寛廉の表情に、紘市の背筋は凍った。

寛廉は、キッと紘市を睨みつける。

「なにを呆けている。早く寝かせなさい！」

寛廉に示され、本堂の中央にアサ乃を横たわらせた。

紘市はアサ乃の傍らを譲ると、寛廉が滑り込むような滑らかな動作でアサ乃の傍らに正座する。片手に握っていた数珠を両手に持ち替えて合掌すると、本堂の中に響き渡る大きな声で読経を始めた。

経を上げる勢いが、まるで押し寄せる水のようだ。女性特有の甲高い声ではなく、腹の底まで圧を感じる迫力のある声。

寛廉は木剣と数珠に持ち替え、祈禱文を読み上げる。数珠の親珠が、カンッカンッと木剣に強く打ち付けられた。

ひと打ちするたびに、ビリビリと空気が振動する。鼓膜を突き抜けるような鋭い音が響いた。

紘市は、紗弥を迎えに車へ戻らないといけないのに、その場を動くことができない。真上にある天符を見て、まるで結界の中に居るようだと錯覚した。

本堂の天井には、北極星である北辰妙見大菩薩を始め、二十八宿を意味する天符が張り巡らされている。

寛廉の声の調子が変わり、紘市は視線を戻す。

「衆怨悉退散！」

寛廉の声が止み、打って変わって静寂が訪れた。


寛廉は、乳白色の世界に居た。

目の前には、矢に目を射抜かれた落ち武者の霊が居る。

「早々に、この体から去りなさい」

『嫌だ。やっと……やっと届いたのに』

落ち武者の霊は、アサ乃の魂から離れようとしない。アサ乃の魂は気を失っているのか、身動きすらせず、じっとしたままだ。

波長が合う、ということがある。その霊と自分の波長が合ってしまうと、取り憑かれてしまうことがあるのだ。

アサ乃の波長は振り幅が大きく、どんな霊でも取り憑きやすい状態にある。だから、アサ乃はこの落ち武者の霊に取り憑かれた。

「なにか伝えたいことがあるのか」

問うても、落ち武者の霊は答えない。ただ悔しそうに、唇を引き結ぶ。

『身の程をわきまえろ。おぬしが取り憑いている相手が誰なのか、まさかわからぬわけではあるまい』

寛廉の背後から聞こえてきた声。いつの間にか平兵衛が、寛廉の後ろに控えていた。

『そのお方は、十神山城の奥方様に在らせられるぞ』

『十神山城の奥方だろうが誰だろうが、助けを求められる相手であるのならば誰でもよい！』

『なんだと』

『ずっと、ずっと助けを求められる人間を探してきた。戦で命を落としてから、ずっとだ。お前に、この苦しさがわかるか？』

落ち武者の霊は、寛廉にではなく、平兵衛の言葉に反応した。

平兵衛は寛廉を一瞥すると、落ち武者の霊に視線を戻す。静かに前に進み出て、間合いを取ると歩みを止めた。

『なぜ、いまだに彷徨う』

『そんなこと、わかり切っているだろう。経が上がらない、俺に回向《えこう》が届かないから、成仏も叶わぬのだ！』

落ち武者の霊は、アサ乃を摑む手に力を込める。意識のないアサ乃は、なされるがままだ。

『俺だって、こんなことしたくない。だけど、誰かに頼らないと楽にならない。伝えないと気づいてもらえない。気づいてもらえてから、やっと成仏する足がかりが摑めるのだ』

『だとしても、そのお方はダメだ。許さぬ』

『お前になんの権限があって、そのようなことを申すのだ』

『我が主だ！』

吠えるように、張り上げた声。

平兵衛の迫力に怖気づいたのか、落ち武者の霊がわずかに萎縮する。平兵衛は隙を逃さずに駆け出し、一気に間合いを詰めた。

落ち武者の霊より平兵衛のほうが、格段に動きが速い。合気道の動きのように無駄のない動きで落ち武者の霊からアサ乃を引き剝がし、クルリと身を翻すと落ち武者の霊の体が宙を舞った。

平兵衛は意識のないアサ乃を抱えて、跳ぶように寛廉の後ろへ戻ってくる。

『あとは、お任せ致しました』

「ありがとう」

まさか、平兵衛が助けに入ってくれるとは思いもしなかった。

寛廉は木剣と数珠を手にし、経を上げ始める。

滅してしまうのではなく、退散させるための経。アサ乃から離れてくれるように、二度と同じ霊に取り憑かれないように願いを込める。

経に合わせて、木剣を打つ数珠の親珠の音が鋭く響く。

『あぁっ、なんで、なんでっ』

落ち武者の霊は耳を押さえ、のたうち回る。

『やっと助けてもらえると思ったのに！　やっと、やっとぉ』

落ち武者の霊が寛廉を睨む。

『坊主なら、俺を成仏させる経を上げろ！』

寛廉は答えない。途中で中断してしまったら、元の木阿弥。なにを言われようと、最後までやりとげる。終わりまで経を唱え続けるのだ。

『あぁっ、悔しい！　死にたくて死んだんじゃないのに。戦になんて出たくなかった。ちくしょう、ちくしょう！』

落ち武者の霊の体が、黒い靄に覆われていく。黒い靄は面積を増し、落ち武者の霊を覆いつくすと、外側から霧散していった。

「衆怨悉退散！」

唱えると同時に、落ち武者の霊が跡形もなく消える。気配もない。

『去りましたな』

寛廉の背後でアサ乃を抱えながら、臨戦態勢を崩さなかった平兵衛の言葉に、頷いて応える。

あの落ち武者の霊は、もうアサ乃の前に姿を現すことはできないだろう。

寛廉は、平兵衛に向き直る。

「まさか、貴方が助けに入ってくれるとは思いませんでしたよ」

『アサ乃様を護るのが、使命と思っておりますので』

平兵衛が抱えるアサ乃は、平兵衛にとっては奥方のままなのだろう。

「そうでしたね……」

アサ乃と紘市が結婚の報告に来た日のことを思い出す。

平兵衛は、アサ乃を護るために成仏をする気はないと言っていた。成仏したほうが、護れる力も強くなるというのに。

（この一途な青年を成仏させてやりたいものだ……）

強い想いが、悪霊となってしまう前に。

（そう言えば、悲願達成は一族の成仏と言っていなかったか？）

お屋形様から始まる一族が成仏することが、お家再興を意味すると。

「平兵衛さん。少し話をしてもいいですか？」

怪訝な表情を浮かべつつ、平兵衛は頷く。

「貴方は、一族の成仏がお家再興を意味すると言っていましたね。それは、どのような拝み方をしたら効果を発揮するのでしょう？」

亡くなった方の成仏を願い、読経して供養することを回向という。

数ある行の種類の中に、一家一門六親九族の諸霊位に回向が届く唱題行というものがある。ただ、それでは塚平家の先祖にしか届かない。平兵衛が望んでいるような、お屋形様から始まる一族すべてに届くような拝み方ではないのだ。

『それは、簡単です。ただ、拝んでいただければいいのです。心を込めて……塚平家にまつわる尼子の霊、と』

なるほど。まつわる、という言葉が付けば、回向が届く範囲もかなり広がる。塚平家に留まらず、枝分かれしている血筋を辿り、関係のある者のところへならどこまでも届く。

「これが、いい機会かもしれません。紘市に、先祖供養の話をしてみましょう」

『なんと！　ついに、悲願達成にご協力いただけるのですね』

平兵衛は、とても嬉しそうな笑みを浮かべる。

「長い道のりにはなるでしょう。数年、数十年かかるかもしれません」

『そんなもの！　今このときまで待ち続けたことを思えば、なんの苦でもありません』

やっと、終着点が見えるのですから。

そう言って、平兵衛は表情を歪めた。


寛廉が木剣を下ろす。

紘市は固唾を呑んで寛廉の様子を窺った。もう動いてもいいか、判断がつかない。

寛廉に背を向けられたまま「紘市」と名を呼ばれ、裏返った声で返事をする。

「なにをしている。早く紗弥を連れて来なさい。幼子をいつまでも一人にしておくな」

「あ、はい！　行ってきます」

急ぎ玄関で脱ぎ散らかしたままの靴を履き、石段を駆け足で往復する。

車の中で再び眠りに落ちていた紗弥を抱っこして本堂に戻ると、寛廉は腫れ上がっていたアサ乃の左目に数珠を当てていた。

刀印にした右手で宙に印を記し、フッと気合いを込める。

寛廉は険しかった表情を和らげ、石段を上り疲れて荒い息をする紘市に向き直った。

「もう大丈夫。祓ったよ」

「ありがとう……ございます」

足の力が抜けていくのがわかる。急な石段を二往復したのだから、当然か。

紗弥を抱えたままアサ乃の傍にしゃがむと、顔を覗き込んだ。

腫れ上がっていた左目は、元に戻っている。

「アサ乃……」

呼びかけると、目蓋が少しだけ動く。意識が戻りつつあるのかもしれない。紘市の胸に安堵が広がっていった。

「紘市、これからのことを話していいかい」

「これからのこと、ですか？」

問い返すと、寛廉は紘市に向き直る。

「塚平家にまつわる尼子の霊を……この寺で拝んでほしいとお願いされた」

「拝んでほしいって、アサ乃に取り憑いた霊に頼まれたんですか？」

「いや、拝んでほしいと頼んできたのは、アサ乃ちゃんをずっと護ってきた守護霊のような存在である、尼子の武士からだ」

「それって、きっと車の中で……アサ乃の口を借りて喋った人ですよね」

寛廉は頷く。

「名を河上平兵衛という。アサ乃ちゃんの前世は、尼子一族のお屋形様の奥方で、その人は家臣として、長く仕えていたそうだ」

そして……と寛廉は、言葉を区切る。

「紘市。お前の前世は、そのお屋形様と奥方の子供だったそうだ」

「え？」

反射的に、間抜けな声が出てしまった。

それは、前世で紘市とアサ乃は母子だったということ。想像もしていなかった事柄を告げられ、頭の処理が追い付かない。

「なにも不思議がることはない。私の前世も、私の息子のほうが父親だった。父子だったのだ。縁があるとは、そういうものだよ。それもまた因縁という」

はぁ……と、間抜けな反応しかできないでいると、寛廉は苦笑を浮かべた。

「しかし、お前の前世が尼子に縁のある若君だとはね。わざわざ紘市の前世を見ようとしたことがなかったから、知らなかったよ」

前世と聞けば、なんだったのか知りたいという好奇心はもちろんあった。けれど、まさか、こんな形で知ることになるなんて。

「だから、若君って呼ばれたのか……」

紘市は呟き、抱っこしていた紗弥をアサ乃の隣に寝かせる。羽織っていた上着を脱ぎ、紗弥の腹にそっと掛けた。

寛廉は庫裏に戻ってお茶を入れると、本堂に戻ってきて自分と紘市の前に置く。紘市に茶を勧めてから湯飲みを持ち上げ、寛廉もひと口啜った。

「河上平兵衛は、お家再興が悲願だと言っていた」

「この時代に、お家再興ですか？　そんなもん、いったいどうやって……」

なにも考えが浮かばない。しばらく逡巡したのち、観念した紘市は、寛廉に答えを求めた。

「お屋形様から始まる一族が成仏することで、お家再興としたい。そう言っていた」

「だから、この寺で拝んでほしい？」

そういうことだ、と寛廉は首肯する。

「でも、なんて拝めば……」

「塚平家にまつわる尼子の霊と拝めば、枝を伝うようにして端の端まで届くと言っていた。一家一門の唱題行というのがあるんだが、それをしてみないか？」

「一家一門の唱題行？」

「深夜行と違って、回向に特化した行だと思ったらいい。一家一門六親九族の諸霊位。血筋を辿って、先の先まで供養が届く拝み方だよ」

「血筋を遡って、届く供養……」

まさか約四百年前の戦国時代を過ごした先祖にまで遡り、成仏させるために供養するようになるとは夢にも思わなかった。

いったい、何年がかりの願望成就になるだろう。一朝一夕では、まず無理だ。

「大丈夫だよ。時間はかかるけど、地道に頑張ろう。それだけ、大きな因縁に立ち向かうんだ。そして、その因縁をよくしていくすべがある。心がこもっていれば、必ず供養は届く。仕方なしにするんじゃなければ、真心は……気持ちは、死んだ人にも必ず届く」

「長い闘い……先祖の因縁罪障消滅と、供養への道が始まるんですね」

「そうだよ。それも、私の想いだけじゃダメだ。自転車の両輪のように、お前たちもしっかり想いを込めて頑張るんだよ」

「はい……」

月山に行くんじゃなかったと後悔したが、結果的にはこれでよかったのかもしれない。

口伝の言い伝えだけではなく、ちゃんとした供養をすることになったことで、本当に尼子一族の落ち武者であると証明されたのだ。

（やるしかない）

紘市は、寛廉に向かって合掌し、頭を下げる。

「塚平家と、田中家……一家一門の唱題行。そして、塚平家にまつわる尼子の霊の供養を宜しくお願いします」

寛廉は紘市の肩を力強く摑む。

「今回みたいに、寝た子を起こすような供養は、始めたら途中で辞めることができない。途中で辞めたら、好物を途中で取り上げられた子供のように荒ぶってしまうからな。先祖が成仏できるその日まで、一緒に頑張っていこう」

地道に、できることを……心を込めてしていくしかない。

苦しんでいる先祖が、一日でも早く成仏できるように。

何十年かかるかわからないが、戦国時代から続く悪業因縁の浄化に向け、先祖の成仏に向けて、紘市は一歩を踏み出す覚悟を決めた。

十

アサ乃は寝苦しくて、身重な体を反対向きにするべくコロンと寝返りを打った。

紗弥は三歳になり、アサ乃のお腹の中には新しい命が宿っている。

妊娠八か月。性別は、生まれてきたときのお楽しみ。お腹はかなり大きくなり、寝返りを打つのもひと苦労だ。

第一子妊娠中は、重たい物は持つなとか、体調が悪かったら休みなさいと指導を受けていたけれど、第二子となったらまったく違う。十キロを超える子供は抱っこしないといけないし、体調が悪くてもなかなか休めない。

遊びたい盛りの紗弥と悪阻《つわり》が重なる時期が、一番つらかった。

けれど、あと二か月もすれば二人目がお腹の中から出てくる。そうなれば、今みたいに紗弥だけを見ることはできなくなるのだ。

隣で寝息を立てている、愛しい紗弥の寝顔を眺める。

ポッテリと零れ落ちそうな頬っぺたに、富士山みたいな形になっている唇。唇の隙間からひょっこり顔を覗かせている舌も可愛い。

愛しい気持ちで胸がいっぱいになり、寝汗でへばりつく髪をそっと撫でた。

（今のうちに、後悔がないよう……いっぱい愛情を注がなきゃ）

まだ小さい紗弥は、愛情いっぱいに甘やかしている今を忘れてしまうだろう。だけど、それでも構わない。アサ乃の自己満足だろうと、母であるアサ乃には、ちゃんと記憶として残っている。

二人目が生まれたら、愛情が二分の一になるわけではないけれど、一人に対して常に百パーセント返せなくなることは確実だ。

ときたまいびきをかく紘市に背中を向け、紗弥を抱きかかえるように横たわる。少し汗ばんでいる紗弥の髪の匂いを嗅ぎながら目蓋を閉じ、再び眠りに入ろうとした。

――ヒタリ、ヒタリ。

夢か現か判然としない意識の中で、耳が音を拾う。

（なんの音だろう……）

蛇口から水滴が落ちる音とは違う。

考えることを放棄しようとする頭で、なんの音なのか答えを探す。

――ヒタリ、ヒタリ。

気のせいかもしれないが、音が近づいているような……。

――ヒタリ、ヒタリ。
どんどん近づいてくる音。
――ヒタリ……ヒタリ。
アサ乃の枕元で、音が止まった。
(えっ、なに？　なにかいるの？)
目を開けようにも、怖くてできない。
紗弥に回している腕に力がこもる。
顔になにかが近づいてくる気配。
息を殺し、早く立ち去ってくれることを願う。
――のそり、のそり。
布団の上をなにかが移動する。ズシリと、腹に圧しかかる重みを感じた。
目蓋を閉じているのに、暗がりに浮かび上がる一対の紅い光が見える。
首が絞められるような圧迫感。アサ乃の顔に垂れ下がる長い髪。
まるで腹に跨られ、首を絞められているような感覚が生々しい。ズシリズシリと、
腹に何度も圧しかかられる。
(やめて！　赤ちゃんが)
下から、いくつもの手が伸びてきた。

手首を摑み、腕を摑み、頭を摑み、足首を摑み、腿を摑み、腹を摑む。

体が動かない。ズルリズルリと、アサ乃の体を下へと引きずり込もうとする。

（やだ！　やめてっ）

もう、目を開けているのか目蓋を閉じたままなのかもわからない。あまりにも感覚がリアル過ぎて、悪夢なのか現実なのかさえもわからない。

ただ確実なのは、お腹の赤ちゃんに危害が加えられているということ。

誰か、誰でもいい。神様、先祖さん、お願い。

（赤ちゃんを……赤ちゃんを助けて！）

声にならない叫びを心が上げる。

『そこまでだ！』

刹那、光の一線が空間を切り裂く。

アサ乃にまとわりついていた手が解けていき、腹への圧迫感が消えていった。

最強の生霊ともなれば、瞳は紅くなるという。

草木も眠る丑三つ時と言われる午前二時頃から、陰の世界に住むモノたちは活発になる。

平兵衛の前には、二本の角を生やして髪を振り乱し、瞳を紅くした生霊たちが連合軍として集結していた。
『よくも、邪魔をしてくれた……』
『アサ乃様に手出しはさせぬ。早々に立ち去るがよい！』
平兵衛は言い放ち、腰に携えている愛刀を構えた。身に着けているのは鎧に兜。
生前、戦のとき身に着けていた一式だ。
『お前たった一人でなにができる』
『返り討ちにしてやる』
『ゆけ』
『ゆくぞ』
生霊たちが、平兵衛に向かって押し寄せて来た。一対多数。
（いつもどおり、やってやる）
刀の柄を握り直し、体勢を低くする。突進しようと、足に力を込めた。
――ヒュンッ
なにかが、平兵衛の横を通り抜けて行く。
『グアッ』
――ヒュンッ
『ガアッ』

ヒュンヒュンと、平兵衛を通り越して生霊たちに向かい、いくつもの矢が雨のように降り注いでいる。

『一人ではないぞ』

平兵衛の後ろには、戦の準備を整えている塚平家と田中家の先祖たちが集結していた。塚平を始め、戦国の世を生きた塚平家と田中家の先祖たちはみんな合戦のときの鎧兜を身に着けて、おのおのが武器を手にしている。

『待たせたな、河上！』

『塚平……なんで、ここに？』

驚いていると、塚平は盛大に笑った。

『力をつけたからなぁ。毎月必ず一家一門の回向をしてもらい、力をつけた我らの実力を見せてやろう！』

塚平が刀を掲げれば、塚平家と田中家の先祖たちが鬨の声を上げる。一斉に、生霊たちに向かって駆け出して行った。

これは、生霊連合軍から大切な人たちを護りたいという合戦。合戦なら、平兵衛たちの領分だ。負けるわけにはいかない。

生霊たちも立ち向かってくるが、長年続けられている生霊除けの御祈念が結界となり、防壁となっているために一撃も入れられないでいる。

生霊たちとは対照的に、一族たちの攻撃は面白いほどに致命傷を与えていく。刀を振るい、槍を振るい、矢が雨のように降り注ぐ。

平兵衛も攻撃に加わり、生霊たちを次々と薙ぎ払った。

(この感覚、久し振りだ)

まるであの頃に、みんなで戦に出ていたあの頃に戻ったかのよう。

不謹慎かもしれないが、とても楽しい。

無意識に、平兵衛の口元には笑みが浮かんでいる。

『どうだ～河上！　へばってないか？』

『なんの！　まだまだ』

いつもなら、一人で立ち向かい、ボロボロになりながら撃退していた生霊連合軍。

仲間が居てくれることが、こんなにも心強いとは。

『ああ、悔しい』

『手が出せない』

『腹の子を殺してやろうと思ったのに』

『ダメだった』

『邪魔された』

口々に恨み言を言い放ち、生霊たちはジリジリと後退していく。

『今回は、ここまでだ』

『また狙おう』

『次を狙おう』

呟きながら、生霊たちの姿は徐々に薄れ、消えていった。

この戦いに、終わりはない。生霊たちは、いつでも付け入る隙を虎視眈々と狙っている。

狙われる都度、ただひたすら戦ってきたのだ。一人で。

『これからは、我らも共に戦うぞ』

『塚平……』

平兵衛は武装を解除し、平時の装いに戻る。

塚平を始め、援軍に来てもらえると思わなかった』

『まさか、援軍に来てもらえると思わなかった』

『回向を続けてもらってな。やっとみんなで来られるようになったのだ』

長かった～と、塚平はおどけてみせる。

恩検寺で塚平家と田中家の先祖代々一家一門六親九族の諸霊と、塚平家にまつわる尼子の霊を拝んでもらうようになってから、おのおの格段に力を付けたようだ。

『河上が頑張ってくれたお陰で、成仏するまでにはまだまだ時間がかかるが、だいぶ身動きが取りやすく、楽になっている』

　ありがとう、と塚平が礼を述べた。

『礼を言われるようなものではない。俺は、俺の任を遂行しているだけだ』

　塚平は『相変わらず、真面目だねぇ』と苦笑を浮かべる。

『お前も、そろそろこちら側に加わらぬか？』

『こちら側？』

『回向を受け取ったらどうだ』

　平兵衛が頭を振ると、塚平は『なぜ』と詰め寄る。

『俺のために、回向は上がらぬ』

　塚平家先祖代々の拝み方も、塚平家にまつわる尼子の霊という拝み方も、平兵衛には届かない。

　塚平は、平兵衛の両肩を力強く摑んだ。

『お前にも届く拝み方を頼めばよいではないか！』

『いや……俺は、まだ』

『もう、そろそろいいだろう。あの奥方様が転生を繰り返すたびに、お前は護ってきた。十分、役目は果たしている』

　塚平の心遣いはありがたい。けれど、言ってみれば……これは平兵衛の未練。まだ、成仏するわけにはいかない。

『塚平』

『おう、なんだ』

快い返事を期待したのか、塚平は花が咲いたような笑みを浮かべる。平兵衛は、両肩に乗ったままだった塚平の手を外した。

『やつらが攻めて来たときは、また助太刀を頼めるだろうか』

『あ、おお。それは、もちろんだ』

戸惑いの表情を浮かべる塚平に、ありがとう、と微笑を返す。

(成仏などするものか)

平兵衛にとっては成仏することよりも、今のように姫の魂の近くに居続けられることのほうが重要で、なによりの幸せなのだから。


忠司は、アサ乃の夢枕に立つことにした。

アサ乃の体に憑依して、紘市に話すのでもよかったが、伝えたいことのニュアンスが変わってしまうかもしれない恐れがある。

だから、自分で伝えることにした。

恩梌寺と縁が繋がり、アサ乃が紘市と結婚してからずっと、祥月命日はもちろんのこと、月命日や彼岸、盆、施餓鬼に行の中でまで拝んでもらっていた。そのお陰で、腹を膨らませた餓鬼にまとわりつかれていた頃とは違い、今では忠司自身に力がある。大事な子や孫、子孫を護るための力が。

今日の生霊連合軍がアサ乃を襲い来たときにも、微力ながら先祖たちに交じって戦っていた。この野郎と、石を投げてやったのだ。

滅多に許されないが、夢枕に立つことなど、もう忠司にとっては容易なことになっていた。

『アサ乃よぅ』

生きていた頃と同じ呼びかけをする。

忠司は、眠っているアサ乃の意識の中に入っていった。

これは夢だと、アサ乃は瞬時に理解した。

生きていた頃と同じように、父はテレビの前で寝転がり、コップに酒を注いでいる。

死んでまで酒を飲んでいるのかと、呆れながらも父らしいと微笑ましく思う。

『アサ乃よぅ』

父の優しい呼びかけに、応じることにした。

「お父さん、お酒もうやめにしたら？」

『久し振りに会えると思ったら、嬉しくてなぁ。祝い酒だ』

父は体を起こして胡坐をかくと、アサ乃に向き直る。姿は若いまま……五十四歳のままで止まっている。

父はニカッと歯を見せて笑った。

『いや、他にも用事があってな。むしろ、ここからが本題だ』

まぁ座れ、と父が促す。アサ乃は父の正面に座ると、しみじみと顔を観察した。

『こら、ジロジロ見るな。穴が開いちまう』

「だって、嬉しくて」

素直に答えると、父ははにかんだ。

「それで、本題って?」

『おう、お前……河上平兵衛って知ってるか?』

「知らない。誰?　その人」

小首を傾げるアサ乃に、父は頭を抱えた。

『どっから説明したらいいんだ……』

父は溜め息を吐くと、腕を組む。

『河上平兵衛っていう人は、お前の守護霊みたいな人だ』

「私の、守護霊?」

『そうだ。ずっと、ずーっと、お前のことを護ってくれている。先祖の尼子一族に縁のある人だ』

「私に、そんな人が？」

信じられない。そんな守護霊が居ただなんて。

『お前の前世は、尼子一族の殿様の奥方だ。平兵衛さんは、奥方だった当時のお前と殿様に仕えていた家臣。死して約四百年近く経っている今もなお、平兵衛さんが仕えていた奥方の生まれ変わりである……お前を……アサ乃を護っている』

「私の前世が、尼子一族の奥方様？　お父さん、それ本気で言ってんの？」

『冗談で言わねぇよ。こんな話を生きてるときに聞いてたら眉唾物だと笑い飛ばしていたが、死んでる今なら生まれ変わりってのも嘘じゃないことがわかるんだよ。死んじまった祖父さんや祖母さんたちよりも上の先祖と会いもした。戦国時代を生きた先祖たちは、アサ乃と紘市君の結婚を喜んでいる。奥方様と若君が揃われたってな』

「若君って、誰のこと？　まさか……紘市さん？」

『そのまさかだ』

アサ乃は、大声を上げて笑った。

自分が尼子一族の奥方様で、紘市が若君だなんて。そんな物語のような、できすぎた話があるものか。

『やっと、この巡り合わせが来たと……霊界では大盛り上がりだよ』

「えっ、じゃあなに？　私と紘市さんが一緒になるのは、そういう運命の巡り合わせだったたって言いたいの？」

紘市と結婚を決めるきっかけになったのは、紘市の顔が父の顔に見えたこと。九星や生年月日といった相性がよかったこと。そして、一緒に居て家族と共に居るときと同じ安心感を得られたことが大きい。

それもこれもなにもかも、そういう縁があったから。父が言っているように、運命の巡り合わせだったからなのだろうか。

言い方を変えれば、運命の人というやつだ。大多数の女子が子供の頃に憧れる、運命の人という存在。女子が夢に見る、運命の人と結婚したいという願いをアサ乃は叶えてしまっていたことになる。

改めて実感すると、なんだかとても気恥ずかしい。

『運命の巡り合わせだけじゃない。その運命を邪魔されないように、邪魔をしようとする存在から、陰ながら護ってきた存在が居る』

父は自らの胸に手を当てる。

『その平兵衛さんや、俺や、祈念を受けた恩検寺の神さんたちだ。みんなに護られて、お前と紘市君の縁は邪魔されずに結ばれた』

「……ありがとう。紘市さんとの結婚は、お父さんに助けられたと私は思ってた。お礼が言えて、嬉しい」

『ああ、俺からのメッセージに気づいてもらえて……嬉しかったよ』

礼を告げると、父は歯を見せて笑う。だが、すぐに暗い表情になってしまった。

『平兵衛さんがやってきたことはよ、それだけじゃないんだ。アサ乃がアサ乃になる前から、アサ乃が奥方様だったときから……ずっと、ずーっと護り続けてる』

父は『それが……』と呟き、表情を隠すように、額に手を当てた。

『もう、健気で。とても一途だ』

だからこそ、と父は拳を握る。

『そろそろ、成仏させてやりたい』

「まだ、成仏してない人なの？」

訝しげに問うと、父は頷く。

『頑なに、成仏はしないと言っている。なぜ成仏したくないのか。その理由は……アサ乃の、お前の傍を離れたくないからだろう』

「私の傍を？　なんで」

『愛だよ。忠義だと自らに言い聞かせ、忠誠という名を大義名分にした愛だ。生きているときも、死んでからも……お前に、すべてを捧げている』

「そんな！」

なんて、深く重たい愛なんだろう。

平兵衛の人生を想像してみるも、アサ乃には理解が難しい。なんて一途なバカなのだろうと、呆れ果てた。

約四百年にもわたる歳月。アサ乃の存在が、平兵衛を縛り付けているようなものではないか。

いつまでも縛られ、次へ行けないでいる。それでは、ダメだ。

いったい、どうすれば平兵衛のしがらみを解き放ってやれるだろう。

『引導を渡してやれ』

「私が引導を渡すなんて、無理よ」

引導を渡すのは、僧侶の役目。お上人である寛廉の役目だ。

『次に目を向けさせてやればいいんだ。お前ならできる。むしろ、お前の言うことしか聞かない』

「どういうこと？」

『言っただろ。生前の平兵衛は、尼子一族のお屋形様って呼ばれている殿さんと、アサ乃の前世である奥方様に仕えていた。奥方様のアサ乃と家臣の平兵衛っていう関係だったんだよ』

「私が、尼子一族の奥方様ねぇ……」

死んだ父からの言葉であっても、やはり疑わしい。

『信じてねぇな』

「当たり前じゃない。普通、そんなにすぐ信じられないわよ。だけど、お父さんは死んだ世界でみんなと会って直接聞いたのよね」

『そうだ。お前と紘市君の結婚式をした日には……塚平家と田中家の先祖が、どこまでも遡って揃い、宴会をしたよ』

「どこまでも遡ってって、大宴会じゃない」

実に楽しかった、と父は楽しそうに笑う。

飲むのが好きな人だから、きっと生前のようにどんちゃん騒ぎをしたに違いない。

「わかった。信じる。信じるわよ」

きっと、信じないことには始まらない。

忠司はアサ乃の手を摑み、力を込める。

夢なのに、手の平に感じる父の温もりは、とてもリアルだ。

アサ乃は父の手を緩く握り返した。

『頼む、アサ乃よぅ。もう、いたたまれない。平兵衛さんを成仏させてやってくれ。アイツも、尼子の一族だ。塚平家にまつわる尼子の霊ではなく、塚平家にまつわる尼子一切の霊と拝めば、平兵衛さんにも届く。頼むから、そんなふうに拝んでやってくれ！』

懇願する父の姿が消え、ハッと目が覚める。

「朝……？」

まだ部屋は薄暗い。目覚まし時計で時刻を確認すると、午前四時だった。

隣で眠る紘市は、まだ盛大にいびきをかいている。アサ乃の脇に頭をぴったりと嵌め込むように眠っている紗弥も、とても気持ちがよさそうに寝息を立てていた。

「河上、平兵衛……さん」

目が覚めても、名前を覚えている。色が付いた鮮明な夢。手の平には、まだ父の手の温もりが残っている気がする。

死んだ父が夢を見せたことは、これで二度目。それだけ、大事なことなのだろう。

「今日は、夢が忙しい……」

腹の子を殺されそうな夢を見たかと思えば、次は父が夢を見せた。一度の睡眠で内容が違う夢を見るのは体力を使うのか、ドッと疲れが押し寄せている。

（あんな夢を見たから、お父さんも心配して夢を見せたのかな？）

化け物に馬乗りになられ、尻で何度も腹を押された感覚が今でも鮮明に思い出される。

感じた痛みも苦しみもリアルで、本当に怖かった。

化け物を切り裂くような一閃がなければ、あのまま続いていたかもしれないと思うと、背筋がゾッとする。

「護ってもらったのかな。よかったね」

膨らんだお腹に手を当て、優しい声で語りかける。お腹の中で眠っているのか、赤ちゃんからの反応はない。

「まずは紘市さんに、相談してみようかな」

夢で見たことだから、なにも関係はないかもしれない。妄想かもしれない。でも事実だったなら、なにもしないわけにはいかないではないか。

そろりとお腹を撫でる。

「無事に生まれてきてね」

性別は、まだわからない。男の子と女の子でお腹の出方が違っているとか、民間に伝わる見分け方もあるけれど、現段階ではいまひとつ判断がつかない。

紗弥のときより出っ張っている気もするけれど、確証が持てないでいた。

(性別はどっちでもいいから、元気な子であってほしいな)

もう一度布団を被り直し、眠っている紗弥にぴたりと引っ付く。

あと少しだけ、朝に備えて、再び眠りにつくことにした。

仕事の昼休み。

紗弥は保育園に通っているため、夫婦二人だけで食べる昼の食卓はとても静かだ。

(今なら、ゆっくり話ができる)

アサ乃は昼ご飯を食べながら、紘市に夢の話をした。

恐ろしい存在に襲われたこと。父が夢に出てきたこと。

紘市は途中で遮ることなく、黙って最後まで聞いてくれた。

「でね、父が言うには……私に、尼子さんの守護霊が居るんだって」

「知ってる。河上平兵衛さんだろ」

紘市の口から出てきた名前に、アサ乃は固まった。

「なんで、なんで紘市さんが知ってるの？」

思わず、声が大きくなる。

驚きを隠せないでいると、紘市は箸と茶碗を置いた。

「月山に行ったとき、アサ乃の左目が腫れて意識がなくなって、恩稔寺に駆け込んだことがあっただろ？」

覚えている。

左目が異様に痛くなり、バックミラーで確認したら、矢が刺さった落ち武者のように腫れ上がっていたのだ。気づいたら恩椋寺の本堂に寝かされていて、なにが起こったのか戸惑ったのなんの。

「あのとき助けてくれたのが、河上平兵衛さんだよ」

「そうなんだ……」

「寛廉上人も、そのとき平兵衛さんと話をして、一族の先祖を成仏させてほしいとお願いされたと言っていた。それで始まったのが、一家一門の唱題行だ」

各家先祖代々一家一門六親九族の諸霊を拝む行をしているところは、なかなかない。先祖が成仏するために格好の拝み方だと思っていたけれど、まさかその始まりが、アサ乃が取り憑かれたことに起因していたとは。

「でも、その拝み方だと平兵衛さんに届かないって、お父さんが夢の中で言ってたわ」

塚平家にも田中家にも、親戚に河上姓は居ない。塚平家にまつわる尼子の霊と拝んでも、平兵衛には届かないと父は言った。

塚平家にまつわる尼子一切の霊という拝み方じゃないと、届かないのだと。

「一切って言葉が入るのと入らないのでは、拝みが届くエリアが格段に違うってことよね」

「だな。日本語マジック」

「寛廉上人に、相談してみてもいいと思う?」

「お義父さんが夢枕に立って、平兵衛さんを成仏させて欲しいと言われたってことは……そろそろ、時期が来たのかもしれないし。今度お寺で会ったときにでも、相談してみよう」

「うん」

アサ乃は紘市に共感してもらえ、安堵の笑みを浮かべる。

どうせ夢の話だろと、取り合ってくれないかもしれないと少しだけ不安を抱いていたけれど、話してみてよかった。

（寛廉上人にも、うまく説明できるようにしておかなきゃ）

バカな妄想を浮かべるなと、怒られるかもしれない。怒られてしまったとしても、なんとか拝めるように道を繋げるようにしなければ。

父が涙しながら頼むくらいなのだから、よほど気持ちがこもっているのだろう。ちょうど、仕事が休みの日曜日に恩検寺で祭がある。話をするなら、この日しかない。

止めていた箸を動かし、ご飯を口に運ぼうとして「ふぁっ」と奇声を発した。

「どうした？」

「赤ちゃんが、グニンって動いたからビックリしちゃった」

この時期は赤ちゃんもかなり成長していて、お腹の中とぴったりフィットしている状態だ。赤ちゃんが体勢を変えれば、内側から深くえぐられるようなグニンとした感覚になる。

「お、まだ動いてる?」

紘市が席を立ち、アサ乃の元へやって来ると、アサ乃のお腹に手を当てて頬を寄せた。

「あ、動いた!」

紘市は、とても嬉しそうだ。

赤ちゃんはお腹の中で、我関せずというように、コットコットとノックをするようなしゃっくりを始めていた。


寛廉は、黙ってアサ乃と紘市の話を聞いていた。

平兵衛を成仏させたいのだと、奥方様の生まれ変わりと若君の生まれ変わりが言っている。

(成仏させてやりたい気持ちは、理解できる)

以前、寛廉も成仏させてやりたいと思ったくらいだ。

だが、手段がなかった。お屋形様の一族に、平兵衛は含まれていないみたいなのだ。

何年か前に、どういう拝み方をしたら回向が届くだろうと平兵衛に聞いたことがあったが、あえて、平兵衛は自分に届かない拝み方を提案してきたのだろう。

「塚平家にまつわる尼子一切の霊……か」

「はい。一切という言葉が入れば、より範囲が広がるのではないかと」

紘市の言葉に、アサ乃はコクコクと何度も頷いている。

寛廉は、用意されていた湯飲みに手を伸ばす。

「お前たちが言いたいことはわかった。だが、まだ塚平家にまつわる尼子の霊という拝み方をしていても……先祖代々の霊の祈念をしていても……始めたばかりだから、まだみんな成仏をしていない。物語の中にあるように、拝めばすぐに成仏するというものではないんだ」

寛廉の言葉に、紘市とアサ乃の表情が少し曇る。

「それぞれ、生まれてから作ってしまった業が違うし、素直さも違う。みんながみんな、聞き分けがいいとは限らないんだ」

「はい……。それでも、拝んであげたいんです」

「拝んだとしても、その河上平兵衛という人がお経を受け取ろうとしない可能性だってある」

平兵衛は成仏を望んでいない。だから、あえて受け取らないかもしれないのだ。

寛廉の言葉を受け、アサ乃は正座をする膝に置いていた手を握り締める。

「御祈念を受け取ってくれなかったとしても、何度でも繰り返します。毎月、拝み続けます。受け取って、成仏してくれるその日まで」

「意志は固いようだね」

静かに問うと、若い夫婦は力強く頷く。

寛廉は、湯飲みを置いた。

「御祈念の施主は紘市とアサ乃を交互で。毎月、唱題行の日と、彼岸と盆でも拝むようにしよう。まずは、今度の五月にある深夜行からだ」

「はい！　言われたとおりにさせていただきます」

嬉々とする紘市とは逆に、アサ乃は悔し気な表情を浮かべる。

「お上人さん、私は……」

紗弥が居るから、アサ乃は夜の九時から始まる深夜行に参加することは難しい。やりたいのにできないのは、とてももどかしいものだ。

鬱々としているアサ乃に、寛廉は微笑む。

「アサ乃ちゃんは、在宅の行にしなさい」

「在宅の行？」

「そう。紗弥も居るし、もう臨月だろう。ここに集まって、二十一日間の行をするには無理がある。できる範囲でやるんだ。在宅の行と言っても、やることは変わらない。

まず風呂場の桶に水を入れ、不浄除けをして身を浄めたら、お題目を唱えながら水を三杯かけなさい。それが、お滝場で行う水行の代わりとなる。そして夜の八時からお経を上げて、五十五分には題目を唱え終わりなさい。夜の九時を過ぎたら、魔の時間に差しかかるからね。必ず、九時までには拝み終えること。私が居ない場所で体に入られても困るから、ちゃんと守るんだよ。いいね」

「はい！」

元気に返事をしたアサ乃に笑みを返し、紘市に視線を転じる。

「お前は、寺で深夜行に参加できるな？」

「はい、仕事の調整をします」

宜しくお願いします、と紘市は頭を下げる。アサ乃も倣って頭を下げた。

寛廉も、覚悟を決めて首肯する。

あの頑なな平兵衛がお経を受け取るかわからない。わからないけれど、やるしかない。

深夜行に向けて準備を始めることにしよう。

次の深夜行まで、あとひと月しかないのだから。

アサ乃は出産予定日が迫り来るにもかかわらず、寛廉に指示されたとおり、深夜行の在宅バージョンを二十一日間続けていた。

義母も恩検寺で深夜行に参加しているため、実家から母に通ってもらい、拝んでいる間は紗弥の面倒を見てもらっている。

家族の協力があってこそ、行ができているのだから、ありがたいことだ。

「紗弥ちゃん。お母さん今日で最後だよ。最終日なの。一生懸命頑張るから、おばあちゃんと一緒にねんねしててね」

「うん。紗弥ちゃんいい子だから、おばあちゃんと寝るね」

紗弥はお気に入りのぬいぐるみを片手で抱き、反対の手をアサ乃の母と握っている。その姿がとても健気で、アサ乃は紗弥をギュッと抱き締めた。

「明日からは、お母さんと一緒にお布団入ろうね」

「うん。明日からは、お母さんとお布団に入るの」

紗弥の頭を撫で、アサ乃は母に向き直る。

「お母さん、ありがとう。宜しくね」

「任せなさい。こんなふうに可愛い孫と一緒に寝られる機会が来るなんて思ってなかったから、とても嬉しいわ」

「お義姉さん、嫌な顔してない？」

母がアサ乃のところに居るということは、実家のことを義姉が一人で回さないといけなくなるということ。義姉も仕事をしているので、家での仕事量も増えると小言を言われているのではと、心配なところだ。

「ほかの家族の生活は、なにも変わってないわ。午前中には家に帰って家事をして、夕ご飯の用意も終わらせてから来てるのよ？　迷惑なんか、かけてないわ」

母は屈託なく笑い、紗弥の手を握ってブンブンと楽しそうに振った。

「義母が居ないんだから、あの子たちも家族水入らずで、のびのびできていいわよね—」

「うん……そうだね。ありがとう」

そう言ってもらえると、心が幾分軽くなる。

「それにしても、本当に先祖さんは尼子一族だったのね」

「うん」

独身時代というか、十四歳のときに、尼子かそうでないかでアサ乃は祖母と言い合いをしていた。

尼子一族の末裔としか縁組をしてこなかった田中家。恋愛結婚をして勘当された従姉が、アサ乃の結婚観を決定的にした人物だと言っても過言ではない。

「こんな形で、尼子一族の末裔だって証明することになるとは思わなかったよ」

「おばあちゃんは、ほれ見たことか〜って嬉しそうだったわ」

「今度会ったら、バカにしてごめんって謝っとくよ」

アサ乃は、もう一度愛娘の頭を撫でる。

「さ～て、そろそろ時間だから。お母さん頑張るね！　おやすみ、可愛い紗弥ちゃん。大好きよ」

「お母さん、おやすみ。大好きだよ」

母と寝室に歩いて行く紗弥の背中を見送り、アサ乃も仏間に足を向ける。

今日で最終日。五月の深夜行成満の日。二十一日間にわたって心を込めて拝んできたけれど、ちゃんと平兵衛に届いているだろうか。

（河上平兵衛さん。お経を受け取ってくれましたか？　今日これから上がるお経も題目も、ちゃんと受け取ってくださいね。そして、自由になってください）

ろうそくと線香に火を灯し、数珠を手にすると鈴棒を握る。チーンチーンチーンと、行の始まりを告げる鈴の音。

アサ乃は経本を手にし、拙いながらも心を込めてお経を上げ始めた。

紘市は深夜行に参加しているメンバーと共に読経を終え、経本を閉じた。深夜行では十五分間の読経に、一時間半の題目行。そして御祈念が約十五分間上がる。数珠袋の上に経本を置き、次の題目に向け、左手に二重に掛けていた数珠を持ち直して姿勢を正す。静かに合掌して、目蓋を閉じた。

本堂の玄関、本堂の後ろ側、本堂の前側と一か所ずつ電気が消されていき、闇が訪れる。

閉じた目蓋の裏側に感じるのは、御宝前に灯る灯明の灯りのみ。

テンポの速い題目と、木鉦の鋭いカンッカンッという音が本堂内に鳴り響く。

丹田に力を込め、大きな声を張り上げた。

「南無妙法蓮華経、南無妙法蓮華経、南無——……」

深夜行をしている人たちと、寛廉が打つ木鉦のリズムをメトロノームにして、互いに感覚で擦り合わせながら合唱のように聞こえる題目を目指していく。一人で上げる題目よりも、みんなで上げる題目のほうがよりパワーが増す。だからこそ、成果が得やすいのだ。

一人ひとりが、自分とみんなの願望成就のために力を合わせる。それが行の醍醐味でもあった。

(河上平兵衛さん。成仏してください)

心の中で念じ、題目を続ける。

気持ちを込めれば届くと寛廉は言っていたけれど、どれだけ気持ちを込めたらいいのかわからない。わからないから、全力でいく。

どうか、この想いが伝わりますように、と。


平兵衛は、どうしていいのかわからなくなっていた。

このたびの深夜行では、平兵衛に対してお経が上がる。回向が届く。

紘市とアサ乃から……若君と奥方様から、成仏せよと命じられている。

嫌だと拒否したい。まだ離れたくない。

ちゃんと奥方様が〈アサ乃〉としての生涯を閉じるまで、一番近くで護っていきたいのに。

（また、切り捨てられるのか？　逃げ延びていく舟を見送ることになってしまった、あのときのように……）

『平兵衛様』

名を呼ばれて振り向くと、いつの間にか、白い頭巾を被る尼僧の姿をした女性が立っていた。尼僧の知り合いは居ない。

『誰だ』

『おわかりになりませんか？』

白い頭巾を取ると、肩口で真っ直ぐ切り揃えられた黒髪が露わになる。

『まさか……』

唇に笑みを乗せ、尼僧は名を告げた。

『亜弥です』

この顔を忘れるはずがない。小さい頃から共に過ごした幼なじみ。

平兵衛は目を見張り、声を絞り出す。

『なぜ、そのような姿に』

亜弥は目を伏せ、そっと髪に手を添えた。

『出家致しました』

『だから、なぜ！』

おわかりになりませんか？　と、微笑を浮かべた亜弥は問う。

わからない。平兵衛にはわからない。

亜弥は頭巾を被り直し、キッと平兵衛を見据える。射貫くような鋭い眼差しに、平兵衛は気圧された。微笑を浮かべたまま、亜弥の唇が言葉を紡ぐ。

『平兵衛様の、菩提を弔うために』

『なっ！』

亜弥は、小首を傾げる。

『なにを驚かれることがございましょう』

『バカなことを！　俺のことなど、放っておけばよかったのだ。亜弥ほどの器量ならば、いくらでも縁談が舞い込んできただろうに。それなのに、なぜ……どこかの誰かと、夫婦にならなかったのだ』

声を荒らげる平兵衛に、亜弥は笑い出す。

『なにがおかしい』

『いえ、哀しいのです』

平兵衛を睨んだ亜弥の目が涙で潤む。平兵衛に、戸惑う以外のなにができよう。

『貴方は、なにもおわかりではない！』

亜弥の頬を大粒の涙が伝った。

『昔も今も、そう。平兵衛様の頭の中を占めるのは姫ばかり。ずっと一緒に居たのに、私のことなど気にも留めてくださらない』

依然平兵衛には、亜弥が伝えんとする事柄がわからない。わからないから、素直に尋ねることしか手立てがなかった。

『すまぬ、亜弥。母上から俺は鈍感だと、お叱りを受けていた。だから、察することは苦手なのだ。不得手なのだ……。頼む。ちゃんと亜弥の考えを理解したい。俺にもわかるように、教えてくれないか？』

懇願すると、亜弥は頬を伝った涙を拭き、盛大な溜め息を零す。

『知っています。鈍感で察することが苦手なことくらい。それでも、気づいて欲しい。

気づいてくれることを願ってしまうのが女心なのです』

亜弥に睨まれ、平兵衛は小さくなる。

『私は、平兵衛様以外の方と……生涯を共にしたくありませんでした』

平兵衛は耳を疑う。

『なにを言って……』

亜弥は頬を染めた。

『ずっと、お慕い申しておりました』

お気づきではなかったでしょう？　と、亜弥は染めていた頬を膨らませる。

『なんと、まさか……そんな』

亜弥の気持ちに、まったく気づいていなかった。

なぜなら亜弥はただの幼なじみで、それ以上でも以下でもない。

誰か村の者と所帯を持ち、幸せな家庭を築いていくであろうと思っていた。

なかなか縁談が決まらないのだなと不思議に思っていたが、まさか、自分に好意が向けられていたとは……。

今さらながら伝えられた想いに、戸惑いが隠せない。

亜弥は袖で口元を隠し、クスクスと笑う。

『これでも理解ができぬのなら、筋金入りの大バカ者です』

『すまぬ……』

これほどまで自然に、家臣ではないただの平兵衛として言葉を交わし、叱られて縮こまり、感情が揺れ動くのは……実に約四百年ぶりだ。

平兵衛は、亜弥の顔が見られない。どんな表情を亜弥に向ければいいのか、今度はそれがわからなかった。

『私が唱えた経も祈念も、平兵衛様は一つも受け取ってくださいませんでした。どうせ、見向きもしなかったのでしょう』

『そんなことは……』

ある。

思い起こせば、遥か昔、平兵衛に届けられた経も祈念もあった。けれど、そんなモノには見向きもせず、ただ姫を護ってきた。

一心不乱に。ただ、ひたすらに。必死だったのだ。

きっと、亜弥は毎日手を合わせてくれていたのだろう。雨の日も、晴れの日も。来る日も来る日も。それは一途に。

平兵衛は、その想いをすべて遮断した。

『すまない……すまなかった』

『わかってくだされればよいのです。胸に溜め込んでいた鬱憤を吐き出せて、私の心は晴れやかです』

亜弥の表情を窺えば、したり顔を浮かべている。平兵衛も、苦笑を浮かべた。

『お屋形様たちが逃げ延びるときに、なぜ姫が平兵衛様を残らせたのか、いまだわからないままなのでしょう』

亜弥の言葉に、平兵衛は素直に頷く。

精一杯、仕えてきたのに。ここぞというときに、供をすることが許されなかった。

『姫は知っていたからです。私が、平兵衛様を慕っていると』

『えっ』

驚きに言葉が続かず、視線は彷徨う。開いた口が塞がらないでいると、亜弥はフンと鼻を鳴らした。

『私がいつから慕っていたかご存知ですか？　どうせ知る由もないのでしょうけど』

今、本人から言われて初めて知ったのだから、いつからなどとわかるはずもない。

亜弥は腰に手を当て、鼻息を強くする。

『教えて差し上げましょう。姫と共に遊ぶよりも前からです！』

『そんなに、前から……』

それは、年齢にすると十にも満たない。自分の鈍さに、嫌気が差してきた。

『私が平兵衛様を慕っていたから、姫は残れと言ったのです。大事なので、二回言いました。筋金入りの大バカでも、これで理解ができましょう』

『そんな、そんなの……知るはずもないだろう』

『あのとき、姫の言葉を素直に受け取らなかったからです！』

平兵衛は眉根を寄せた。

『なぜ亜弥が、姫とのやり取りを知っている』

『私も、あの場に居ました』

亜弥の言葉に虚を突かれるのは、これで何度目だろう。

亜弥は唇を引き結んで俯き、拳を握る。

『私も、居たのです……。それなのに、平兵衛様の元へ辿り着けなかった』

亜弥の声は、喉の奥から絞り出したせいか、か細く震えていた。

『もし、あのとき父に会わなければ、平兵衛様の元へ辿り着けていたのではないか。平兵衛様の傍に居られたならば、平兵衛様は切腹しなかったのではと……ずっと、そんな考えばかりが頭の中を巡っていました』

亜弥はクシャクシャになった顔を平兵衛に向ける。唇は歪み、わなわなと震えていた。

『平兵衛様に、この苦しさと悔しさがわかりますか？』

『亜弥……』

『何度、何度自分を責めたことか。もしもが、何度も頭を巡るのです。何度も、何度も！』

当時に戻ってしまったかのように、亜弥の感情が高ぶっていく。

『亜弥！』

平兵衛は、亜弥の細い体を抱き寄せた。

『もういい、もう大丈夫だ！　落ち着け』

背中を摩っていると亜弥は鎮まり、荒かった呼吸が落ち着いていく。

ポツリと、また亜弥は語り出す。

『そんな中、私にできたことが……平兵衛様を弔うことでした』

平兵衛は、ただ『うん』と答える。

『それなのに、平兵衛様には届かなくて』

『すまなかった』

平兵衛は、さらに亜弥を抱き締めた。

『また、受け取らないのですか？　奥方様と若君からの、想いを』

『受け取る』

今度は、素直に受け取ろう。自由になれと言う、その言葉を。

平兵衛様……と、亜弥は平兵衛の背中に腕を回す。

『お迎えにあがりました。共に参りましょう』

『ああ。亜弥と、共に参ろう』

援護するように、聞いていて気持ちのいい合唱のような題目が後押ししてくれている。

亜弥の体が眩しく輝き始め、平兵衛の体も輝き始めた。

体は軽く、心も晴れやかになってくる。心の内を占めていた……憂いが、消える。

これが、成仏するということなのだろうか。

「河上平兵衛さん」

寛廉の声がするほうに、平兵衛は静かに向き直る。

「お迎えが、来てくださったのですね」

『……はい。幼なじみが、迎えに来てくれました』

寛廉は、慈しむような優しい眼差しを亜弥に向ける。

「貴女が来てくださったお陰で、平兵衛さんは成仏することができたのですね」

『私に、そのような力はありません。平兵衛様が覚悟をされたからこそ、共に昇っていくことができるのです』

体はますます輝きを増し、姿が透けていく。

寛廉は合掌すると、二人のためだけに経を上げ始めた。

平兵衛は最後に、本堂で一生懸命に題目を上げる紘市の姿を視界に収める。紘市とアサ乃。この二人ならば、これからも支え合っていける。困難があっても、乗り越えていけるだろう。

昔と違い、今は諸天善神の加護もあり、力を付けた先祖の霊たちも居る。平兵衛も、その中に加わろう。今度からみんなと、塚平たちと共に護っていこう。

塚平家にまつわる尼子一切の霊の一人として。

平兵衛が一人だけで、孤軍奮闘する時代は終わったのだ。

『平兵衛様。成仏したほうが、護る力は強くなるのですよ。ご存知でした?』

『ああ、そうだな……』

平兵衛は亜弥を抱く腕に力を込める。

『迎えに来てくれて、ありがとう。亜弥』

『ふふっ、どういたしまして』

腕の中で、亜弥は嬉しそうに微笑む。

平兵衛も笑みを浮かべ、亜弥と共に、クルクルと緩やかに回りながら天へ昇って行った。

寛廉は、合掌していた手を静かに下ろす。

あの平兵衛が、成仏した。まさか、あっさり成仏できるとは。

夢にも思っていなかった結果に、内心とても驚いている。

あの亜弥と名乗った女性が、最大の助けをしてくれた。そうでなければ、もっと時間がかかっていたはずだ。

題目行が終わり、おのおのの御祈念を読み上げていく。

「施主　塚平紘市。塚平家にまつわる尼子一切の霊」

御祈念を読み上げ、念を込める。お経と回向のパワーが光り輝き、霧散するように一気に隅々まで行き渡っていく。

『ああ、お経だ』

『ありがたや』

『回向が届くようになるだなんて、夢のようだ』

寛廉の中に、御祈念を受け取った者たちの声が聞こえてくる。みんながみんな、喜んでいる。

この御祈念を続けていけば、平兵衛が言っていたように、塚平家にまつわる尼子一切の霊が成仏できる日がいつか来る。

さすれば、それがお家再興と同義であると言っていた、目的が叶うだろう。

（まだまだ先は長いけれど、紘市とアサ乃には、ちゃんと伝えてやろう。平兵衛さんが成仏できたということを……）

読み上げた御祈念を脇に置き、次の御祈念を読み上げる。

一つひとつ、丁寧に。想いを込めて読み上げる。

御祈念をした信者の願いが叶うと嬉しい。

それが、寛廉が拝み手を続ける心の支えになっていた。


午前零時が近くなろうとしている。

紗弥と母は夢の中。アサ乃は一人、台所で紘市の帰りを待っていた。

ガチャガチャと、カギが開けられるかすかな音が耳に届く。しばらく待つと、ただいま～という紘市の控え目な声がした。

「お帰りなさい」

アサ乃は温めた麦茶をコップに入れ、紘市を迎える。紘市は水行着が入っている鞄を床に置くと、椅子に座り込んだ。

「あ～終わった」

二十一日間頑張った勲章だろう。紘市の声はガラガラに嗄れている。冷蔵庫で冷やしていた缶ビールを一本取り出し、紘市の前に置いた。

「二十一日間、お疲れ様」

紘市は礼を述べながら缶ビールに手を伸ばし、プシュッとプルトップを開けると、ゴクゴクと喉を鳴らす。

「美味しそうに飲むねぇ」

「旨いよ～。このシュワシュワが気持ちいいんだ」

温めた麦茶を飲みながら、小さな泡が立ち昇る黄金色の液体を眺めた。

アサ乃はアルコールが得意ではないため、ビールを飲んで美味しいという感想を抱いたことはないけれど、美味しそうに飲む紘市を見ていると、飲んでみたい気持ちになってくる。妊娠中と授乳中はアルコールを摂取したらダメだから、授乳が終わったらコップに半分だけ分けてもらい、一緒に晩酌してみてもいいかもしれない。

一気にビールを飲みほした紘市は、どことなく機嫌がよさそうだ。

「なにか、いいことあった？」

「あったよ」

紘市は、目尻にシワを作り、心の底から嬉しそうな笑みを浮かべる。

「平兵衛さんが、成仏した」

「え！　もう？」

何年かかるかわからないと覚悟をしていたのに、今回の深夜行で成仏できたただなんて……とても信じられない。

「お上人……どんな手段を使ったんだろう」

「行が終わってから話をしてもらったんだけど、迎えに来た人があったんだって」

「平兵衛さんを迎えに？」

「そう。平兵衛さんが生きていたときに縁があった人が迎えに来たみたいで、二人でワルツを踊るみたいに……クルクル回りながら天に昇って行ったって、お上人は言ってたよ。迎えに来た人って、誰だかわからない？」

「知るわけないじゃない」

なんの冗談だ、と顔をしかめると、紘市は「え〜」と残念そうだ。

「前世で奥方様だったんだろ？　そのときの記憶とかないの？」

「ないわよ」

即答すると、紘市は「だよな〜」と笑いながら新しく出した缶ビールを口に運ぶ。

「でも、よかったね。迎えに来てくれる人が居て……成仏できてさ」

仲がよかった夫婦は、死ぬとき迎えに来るということがある。

平兵衛が結婚していたのかアサ乃にはわからないけれど、平兵衛にもそういう迎えに来てくれる人が居てくれたことが嬉しい。夢の中で父から聞いた話では、奥方様のためだけに生きた人だという印象を強く受けたから。

平兵衛が一人じゃなくてよかった。

死んでからも生活が続くのだとしたら、今度は、自分のために死後を生きてほしい。

平兵衛のやりたいことをしてほしい。

ずっと、ずーっと頑張り続けてきたのだから。

「あ、痛たたたた」

「どうした?」

「なんか、生理痛のときみたいな鈍い痛みが……」

キューッと締め付けるような、重だるい痛みが、赤ちゃんが入って大きくなっている子宮全体を襲う。赤ちゃんを外へ送り出すために、子宮が収縮を始めたのだろうか。

ガタリと、紘市の腰が椅子から浮く。

「え、陣痛来た?」

「でも予定日まで、あと二週間あるよ」

本陣痛が来る前の、前駆陣痛かもしれない。出産の兆候である、おしるしもまだ出ていないのだ。

出産の始まり方は千差万別で、おしるしから始まる人もあれば、おしるしがなく陣痛から始まる人もいる。なんの兆候もなく、突然破水から始まる人もいるのだ。

紗弥のときは、おしるしがあった翌日に陣痛が始まった。この子の場合はなにから始まるのか、まったく想像がつかない。

満月や新月、潮の満ち引きが出産に関係が深いと言われているが……たしか、今夜は新月だったはず。もしかしたら、があるかもしれない。

出産のための入院準備は整えてあるし、正期産に入っているから、いつ生まれてきても大丈夫。けれど、二人育児の壮絶さを想像すると、もう少しギリギリまでお腹の中に居てくれたほうがいいなと思ってしまう。

「自分のタイミングで、出ておいでよ」

お腹を撫でながら、優しく語りかける。

二十一日間の行も終わった。平兵衛も成仏できた。アサ乃が次にやるべきは、新しい命を無事にこの世へ生み出すこと。

それはアサ乃にしかできない、アサ乃の役目。先祖たちが繋いできた命のバトンを次へ繋ぐための、命のリレーだ。

「あっ、痛たたたた、また来た……」

「え、どうしよう。俺お酒飲んじゃったよ」

油断してた、と紘市は青くなっている。

「車、どうしよう。タクシー？」

「紘市さん、落ち着いて。まだ本陣痛って決まったわけじゃないわ。ともかく、まずは陣痛間隔を把握しなきゃ」

陣痛の間隔が一定になっていたら、産婦人科に連絡をして判断を仰がなければならない。

眠気と闘いながら陣痛間隔を測ると、きっかり十分間隔。産婦人科に電話をすると、二人目だから早く来てくださいと指示された。

（まさか、もう出産になるなんて……）

予想していなかった事態に、アサ乃は慌てる。

急いで眠っていた母を揺すり起こし、タクシーを呼ぶと、紘市と共に産婦人科へ向かって出発した。


二人目の出産は、進みが早い。

産婦人科に到着して子宮口の開き具合を確認すると、すでに七センチ。アサ乃はそのまま分娩台に乗り、痛みの強まる陣痛にひたすら耐えていた。

お産の進み方を見極める助産師の助言に従い、思い切りいきむ。

頭が見えてくると呼吸の仕方が変わり、いきむ力加減も変わってくる。

出産は赤ちゃんとの共同作業だと母親学級で教わっていたけれど、本当にそうだ。

赤ちゃんのタイミングと呼吸を合わせ、助産師に導かれながら確実にお産を進めていく。

「はい、赤ちゃん出るよ～」

「ん～～～っ！」

「ほら、お母さんしっかり見て！」

いきんでいると助産師に頭の向きを変えられ、母胎からこの世に生まれ出てくる瞬間の我が子が見えた。

小さい頭。細い肩。胸の前でクロスした細い腕。赤い体。小さい。とても小さい。

ゾロリと体の中から出ていく感覚。重たかったお腹が、一気に軽くなった。

赤ちゃんが堰き止めていた羊水が、ダムが決壊したみたいに勢いよく流れ出る。羊水はぬるま湯のようで、いつまでも浸かっていられるお風呂の温度と同じだった。きっと、羊水の中に居た赤ちゃんは、とても心地よかったことだろう。

「はい、生まれたよ！」

「アーッ！　オギャアアァア！」

響き渡る産声に、胸がいっぱいになってきた。

「お母さん、おめでとうございます」

「元気な男の子ですよ」

そう言われながら、腕に抱いた二人目の我が子は、とても長いまつ毛が印象的だ。

「頑張って出てきたね……」

名前は、男の子と女の子それぞれ考えていた。紘市と二人で考えた男の子の名前を呼ぶ。

「将希《まさき》」

アサ乃が将希の小さな手の平に人差し指を当てると、新生児反射でゆるく握ってくれた。

(生きてる……)

ああ、可愛くて愛しい。

笑いたいのか泣きたいのか、アサ乃の顔はクシャクシャになった。

平兵衛は、出産に臨むアサ乃を見守ろうと意気込んでいたが、亜弥から締め出しをくらっていた。

『男性が入るなどと、バカなことをおっしゃいますな！　私が参りますから、大人しく待っていてくださいませ』

そう言って、アサ乃のあとを追うように分娩室に入っていく亜弥の剣幕は、到底逆らえるものではない。分娩室の外で待っている紘市を眺めながら、平兵衛もソワソワと廊下を行ったり来たりしていた。

『このようなとき、男は無力でございますな』

反応は返ってこないと知りつつも、平兵衛は話し続ける。

『痛みに耐えて子を生み出す母は……偉大な存在でございますな』

男と女が出会い、夫婦になり、父母となる。一代一代と代を重ね、血脈は連綿と続き、この先も脈々と受け継がれていくのだろう。

彼の地からお屋形様や奥方を始めとした一族が逃げ延び、生き残り、細々と現代まで塚平家や田中家が残っている奇跡。どこかでなにかが違っていたら、紘市もアサ乃も生まれず、奥方の魂は違う人生を歩んでいたかもしれなかった。

『計算されたかのような運命の巡り合わせというものは、あるものなのですね』

若君の生まれ変わりである紘市と、奥方の生まれ変わりであるアサ乃。そして今、生まれ出ようとしている赤子は――。

「アーッ！　オギャアァァア！」

「あ、うっ、生まれた！」

分娩室から聞こえてきた元気な産声。

紘市は座っていた長椅子から立ち上がり、喜びに放心している。

『おめでとうございます……』

生まれ出た赤子は、お屋形様の生まれ変わりにございます……と、平兵衛は呟く。

これで、全員が揃われた。

『あの頃は引き裂かれてしまい、途中で終わってしまった家族の時間を……今また、この時代でお過ごしくださいい。平兵衛は、陰ながらお支えいたします』

分娩室に続くドアが開き、紘市は中に入って行く。紘市と入れ替わるように、興奮した様子の亜弥が平兵衛の元へ帰ってきた。

『平兵衛様！　アサ乃様は、凄く頑張られましたよ。元気で可愛らしい男の子です』

亜弥は平兵衛の手を取り、嬉しそうにヒョコヒョコと跳ねる。

『ああ、とても可愛い。これから見守っていくのが、楽しみにございます』

『そうだね』

平兵衛は亜弥の手を引き、腕の中に閉じ込める。

『平兵衛様？』

不思議そうに平兵衛の顔を見る亜弥の頬に手を添え、優しく微笑みかける。

『これからは、俺と共に見守っていこう』

『なにを改めて……』

亜弥は呆れたように笑い、両手で平兵衛の顔を挟む。

『当たり前です！　もう、平兵衛様を一人にしませんから』

ありがとう、と礼を述べ、頬を挟む亜弥の手を握る。

『もう、俺も中に入っていいのかな？』

『はい。お生まれになったばかりの、将希様のお顔をご覧になってください』

可愛いですよ～と嬉しそうに目を細める亜弥に手を引かれ、アサ乃と紘市が居る分娩室に進んで行く。

体を綺麗に拭いてもらい、産着に身を包んだお屋形様の生まれ変わりである将希は、アサ乃が生まれたばかりのときと同じ顔をしていた。

終

この作品は、フィクションです。
実在の人物・団体・事件などに、一切関係ありません。

著者プロフィール

佐木 呉羽（さき くれは）

1986年鳥取県生まれ。在住。家業の手伝いをして働く傍ら、子育てをしつつ小説を執筆。日本の伝統文化や伝統芸能に興味があり、華道・茶道・篠笛・荒神神楽や伝統的なお囃子などを習う。2015年に刊行した『刻の氏神』（文芸社）を加筆修正し、改題のうえ、2020年７月に『神様とゆびきり』（文芸社文庫NEO）を刊行する。

おもひばや

2020年12月15日　初版第１刷発行
2020年12月20日　初版第２刷発行

著　者　佐木 呉羽
発行者　瓜谷 綱延
発行所　株式会社文芸社
〒160-0022 東京都新宿区新宿1－10－1
電話 03-5369-3060（代表）
03-5369-2299（販売）

印刷所　株式会社暁印刷

ISBN978-4-286-21722-2